Mícheál Ó Ruairc

TÓRÁÍOCHT TAISCE

Cois Life Teoranta
Baile Átha Cliath

An chéad chló, Cois Life 2012 © Mícheál Ó Ruairc
an cló seo, Cló Iar-Chonnacht 2020

ISBN 978-1-907494-28-4

Clúdach agus dearadh: Alan Keogh

Foras na Gaeilge

Tá Cló Iar-Chonnacht buíoch de Fhoras na
Gaeilge as tacaíocht airgeadais a chur ar fáil.

Faigheann Cló Iar-Chonnacht
cabhair airgid ón gComhairle Ealaíon.

Clóchur: Cló Iar-Chonnacht, an Cheardlann, an Spidéal, Co. na Gaillimhe.
Teil: 091-593307 **Facs:** 091-593362 **r-phost:** eolas@cic.ie
Priontáil: W&G Baird

1. Dea-scéala ag Peadar dá thuismitheoirí

Rith!

Rith!

Rith abhaile!

Rith abhaile go beo agus inis do Mham agus do Dhaid cad atá sa chlúdach litreach.

Seo le Peadar ar cosa in airde agus stad ní dhearna sé gur shroich sé doras a thí féin.

Chuir sé an eochair sa ghlas, chas í agus isteach leis.

Sula raibh an doras iata ina dhiaidh aige, lig sé scread as.

'Mam? Mam? Mam?'

Ní bhfuair sé aon fhreagra, rud a bhain geit as.

'Mam? Mam? Ma…!'

Ciúnas.

Chaith sé a mhála uaidh isteach faoin staighre, bhain de a anarac agus a chaipín píce agus chroch go hamscaí ar an gcrochadán cótaí iad.

Isteach sa chistin leis.

Bhí nóta fágtha ar bhord na cistine.

Sular phioc sé suas é chroith sé a cheann go mífhoighneach cúpla uair.

'A Mham! A Mham! In ainm Dé cad chuige nár sheol tú téacs chugam?' ar seisean leis féin. 'Maireann tusa sa Mheánaois, a Mham.'

Phioc sé suas an nóta agus léigh.

A Pheadair,

Imithe go dtí clinic an dochtúra le Daid. An phian ina dhroim tagtha ar ais. Beidh sé thart ar a sé sula mbeimid sa bhaile. Stobhach fágtha agam duit sa chuisneoir. Cuir sa mhicreathonn é ar feadh CÚIG NÓIMÉAD. Ná fág ann níos faide é, in ainm

*Dé, nó beidh sé créamtha mar a tharla an
tseachtain seo caite!*

Mam

Créamtha! Níor fhéad Peadar gan meangadh gáire a
dhéanamh. Bhí féith an ghrinn go smior ina mháthair
gan dabht ar bith.

Ach d'imigh an meangadh óna bhéal nuair a smaoinigh sé
ar a dhaid. Ní raibh a dhaid ar fónamh ó chaill sé a phost
leis an gcomhlacht árachais Life Active trí mhí ó shin. Bhí
sé ceart go leor an chéad mhí ach ansin thosaigh sé ag
gearán faoina shláinte, ag rá gur mhothaigh sé tuirseach
an t-am ar fad, go raibh pianta ina dhroim aige agus mar
sin de.

Bhí Mam an-bhuartha faoi, cé go raibh tuairim láidir aici
nár réitigh sé leis a bheith timpeall an tí gach lá agus gan
dada le déanamh aige. Bhí laethanta ann agus d'fhanadh
sé sa leaba go dtí meán lae. Chomh maith leis sin d'éirigh
sé as an ngalf a imirt agus as dul amach lena chairde oíche
Dé hAoine.

Dúirt Mam gur mhothaigh sí go raibh sé faoi ghruaim
agus nach ina dhroim a bhí an phian in aon chor ach ina
shamhlaíocht.

Agus, ar ndóigh, bhí Mam thar a bheith buartha nach raibh ceint rua ag teacht isteach sa teach ó chaill sé a phost agus nárbh fhada eile a mhairfeadh airgead na hiomarcaíochta a tugadh dó. Ina theannta sin go léir, ní raibh seans dá laghad ann go bhfaigheadh sé post eile mar gur in olcas a bhí an cúlú eacnamaíochta ag dul in aghaidh an lae.

Ar ámharaí an tsaoil bhí post mar bhanaltra pháirtaimseartha díreach faighte ag Mam agus í tosaithe ag obair trí oíche sa tseachtain i dteach altranais Chluain an Ghleanna ón Luan.

Bhí Peadar den tuairim nár thaitin sé léi a bheith ag obair san oíche ach mar a dúirt sí féin 'bhí ar dhuine éigin an mac tíre a choinneáil ón doras'.

Rinne sé mionbhruar den nóta agus chaith isteach sa bhosca bruscair é. Sall leis chuig an gcuisneoir agus thóg amach an stobhach a bhí istigh i mbabhla agus sháigh isteach san oigheann micreathonnach é. Shocraigh sé am na cócaireachta ag 5 nóiméad (agus ní ag 25 nóiméad mar a rinne sé an tseachtain seo caite!) agus chuir ar siúl é.

Fuair sé tráidire ansin agus leag ar an mbord é. Líon sé gloine bainne dó féin, d'aimsigh pláta, scian, forc, salann, piobar, anlann donn agus dhá iógart Müller mar mhilseog i ndiaidh an dinnéir.

Níor thúisce é sin déanta aige ná gur chuala sé bling! an oighinn mhicreathonnaigh ar an gcuntar taobh leis ag fógairt go raibh a dhinnéar réidh.

Fuair sé éadach soithí agus thóg amach an babhla. Dhoirt sé an stobhach te galach isteach sa phláta agus d'imigh leis i dtreo an tseomra suite lena thráidire.

Chuir sé an teilifíseán ar siúl.

Cool! Bhí buaicphointí ón gcluiche a bhí ar siúl aréir idir Man United agus Arsenal díreach ag tosú ar Sky Sports.

Chuir sé forc lán den stobhach isteach ina bhéal agus thóg slog ón ngloine.

Yum! Bhí sé go hálainn agus bhí sé stiúgtha leis an ocras.

Smaoinigh sé ar an gclúdach litreach a bhí i bpóca a bhléasair scoile. B'fhada leis go dtiocfadh Mam agus Daid abhaile. Bheadh áthas an domhain orthu an dea-scéala a chloisteáil.

Bheadh sé ag dul go dtí an Ghaeltacht i mí Iúil. Bhí sin cinnte anois.

Thóg sé an clúdach litreach as a phóca agus d'oscail é.
Thóg sé amach an litir a bhí istigh ann agus léigh í.

A Thuismitheoirí, a chairde,

*Beatha agus Sláinte! Tá áthas orm a chur in iúl
daoibh gur ghnóthaigh bhur mac Peadar
scoláireacht ar fiú €850 í chun freastal ar chúrsa
samhraidh sa Ghaeltacht i gColáiste Le Chéile i mí
Iúil. Comhghairdeas!*

*Más rud é nach mbeidh ar a chumas freastal ar an
gcoláiste samhraidh, ba mhaith liom scéala a fháil
uaibh roimh dheireadh na míosa seo.*

Comhghairdeas libh arís.

Is mise, le meas,

Labhrás Ó hIcí

(Príomhoide)

Rinne Peadar gáire. '...*nach mbeidh ar a chumas freastal.*'
Beag an baol!

Bheadh sé ag dul ann ar ais nó ar éigean.

Líon a chroí le ríméad.

Bheadh Bláthnaid Ní Ghríofa as Rang Beithe ag freastal ar an gcúrsa céanna leis féin.

D'ardaigh sé forc lán den stobhach blasta chuig a bheola.

Yippee!

2. Níl cúrsaí rómhaith sa bhaile

Bhí sé a deich i ndiaidh a seacht nuair a tháinig a thuismitheoirí abhaile. Faoin am seo bhí an obair bhaile déanta ag Peadar – ba bheag an méid a bhí le déanamh aige i ndáiríre – agus bhí sé bailithe leis in airde staighre go dtí a sheomra. É ag tuíteáil ar a shuaimhneas.

'A Pheadair? A Pheadair?'

Tháinig sé chomh fada le barr an staighre.

'Sea, a Mham?'

'Cad chuige nár chuir tú an cócaireán ar siúl?'

'An cócaireán? Ní dúirt aon duine dada liomsa faoin gcócaireán.'

'Nach ndúirt mé leat é sa nóta a d'fhág mé?'

'Ní dúirt tú dada faoin gcócaireán sa nóta, a Mham. Tá sé caite isteach sa bhosca bruscair agam. Gheobhaidh mé duit é más maith leat.'

'Tá brón orm, a Pheadair. Tar anuas.'

Tháinig Peadar anuas go maolchluasach. Bhraith sé go raibh teannas san aer. Bhí a dhaid suite sa chistin agus a chloigeann sáite sa nuachtán aige. Bhí cuma ghruama air. Níor bheannaigh sé do Pheadar fiú.

Ba dhuine gealgháireach é a dhaid, de ghnáth. Fear ard tanaí ba ea é agus bhí suim mhór aige sa spórt. Nuair a bhí sé ina fhear óg d'imir sé rugbaí le Cork Con i mBaile an Teampaill. De réir na scéalta a bhí cloiste ag Peadar ina thaobh níorbh aon dóithín é ach an oiread ach cliathánaí den scoth. Roghnaíodh é le himirt ar fhoireann na Mumhan ach . . . ach bhuail sé le Mam agus rinne siad cinneadh ar dhul chun na hAstráile ar feadh bliana.

D'fhan siad ann ar feadh cúig bliana. Rugadh Peadar san Astráil. D'fhill siad ar Éirinn nuair a bhí sé dhá bhliain d'aois. Theastaigh ó Mham socrú síos ina cathair dhúchais. Phós siad agus fuair Daid post le Life Active.

Nuair a bhí Peadar níos óige théadh sé féin agus a dhaid

go dtí cluichí rugbaí agus cluichí sacair ar bhonn rialta. D'imir Peadar sacar agus peil Ghaelach agus bhíodh a dhaid an-mhórtasach as aon uair a d'imir sé go maith nó nuair a bhuaigh sé gradam de chineál ar bith.

Nuair a d'fhág Peadar an bhunscoil d'éirigh sé as spórt a imirt. Bhí suim aige sa spórt i gcónaí, go háirithe sa sacar, ach níor theastaigh uaidh a bheith mar bhall d'fhoireann a thuilleadh. Ba mhó go mór an tsuim a chuir sé i scannáin, i gceol agus sa léitheoireacht. Rith sé le Peadar gur ábhar díomá dá dhaid é nuair a d'éirigh sé as a bheith á thionlacan chuig na cluichí.

Duine gealgháireach ba ea Mam freisin. Bhí féith an ghrinn go smior inti. Ba bheag suim a bhí ag Mam sa spórt. Bhí dúil mhór aici sa cheol. Chaithfeadh sí an lá ar fad ag éisteacht le ceol. Thaitin ceol de chuid *Michael Jackson, Oasis* agus *Take That* go mór léi.

Ghearr sí isteach ar a chuid smaointe.

'Cuirfidh mé scairt ar an *takeaway*. Cad a bheidh agaibh?'

'Ní bheidh agamsa ach mála sceallóg,' a d'fhreagair Peadar.

Níor fhreagair Daid.

'Beidh curaí sicín agamsa,' arsa Mam. 'Cad fútsa, a Mhaidhc?'

Leag sé an nuachtán uaidh.

'Is beag an t-ocras atá ormsa ach bainfidh mé triail as *chop suey* mar sin féin. Aon scéal agatsa, a Pheadair?'

Lig Peadar osna faoisimh.

D'fhéadfadh sé an dea-scéala a insint dóibh anois.

'Bhuaigh mé scoláireacht le haghaidh cúrsa sa Ghaeltacht. Beidh mé ag dul ann i mí Iúil. Seo an litir a fuair mé ón bpríomhoide.'

Shín sé an litir chuig a mháthair.

'Is scéal iontach é sin,' arsa a dhaid. 'Caithfidh go bhfuil gliondar ort, a bhuachaill.'

'Tá áthas an domhain orm, a Dhaid,' ar seisean agus é ag amharc go ceisteach ar a mham.

Leag sí síos an litir go mall.

'Tá súil agam go mbeidh ar do chumas dul ann,' ar sise go smaointeach.

Thit an lug ar an lag ar Pheadar.

'Cén fáth go ndeir tú é sin, a Mham?'

'Bhuel... bhuel beidh mise ag obair gach oíche agus ní bheidh aon duine…ní bheidh aon duine chun aire a thabhairt…do…Dhaid má bhíonn tusa imithe go dtí an Ghaeltacht.'

'In ainm Dé,' arsa Daid go mífhoighneach agus é ag iarraidh éirí den chathaoir, 'cuir uait, a bhean! Ní cláiríneach mé! Beidh mé breá ábalta aire a thabhairt dom féin. Téigh go dtí an Ghaeltacht duit féin agus bain taitneamh aisti. Is iontach an buachaill tú as scoláireacht a bhuachan. Táimse an-bhródúil asat.'

'Táimse freisin,' a d'fhreagair Mam.' D'fheadfadh uncail Conn teach anseo istoíche chun súil a choinneáil ort.'

'Beidh mé tagtha chugam féin go maith faoin am sin,' arsa Daid go cráite. 'Ná bí ag iarraidh an scéal a dhéanamh níos measa ná mar atá sé.'

D'fhéach Peadar ó dhuine go duine acu.

'An scéal a dhéanamh níos measa? Níl tuairim agam ó thalamh an domhain cad atá a rá agaibh.'

'Beidh ar Dhaid dul le haghaidh obráide i mí an Mheithimh.'

'Le haghaidh obráid?'

'Le haghaidh obráide droma. Deir an dochtúir go dtógfaidh sé trí mhí air, go dtógfaidh sé trí mhí air teacht chuige féin tar éis na hobráide.'

Níor labhair aon duine ar feadh nóiméid nó dhó.

Ansin d'éirigh Daid ina sheasamh agus shearr sé é féin.

'Á, ná bac leis na dochtúirí! Beidh mise in ann déanamh dom féin gan stró faoi cheann míosa. Anois, a Mham, cuir glaoch ar an *Garden House* go sciobtha. Táim lag leis an ocras!'

3. Seo linn chun na Gaeltachta!

Bhí an-chraic acu ar an traein ó Chorcaigh go Trá Lí.

Bhí Peadar suite in aice lena chara, Dónall, agus bhí Bláthnaid agus Franciszka suite trasna uathu. Bhí a shúil ag Dónall ar Franciszka le fada ach ba bheag an tsuim a chuir sise ann, dar le Peadar.

Bhí Dónall agus é féin in aon rang lena chéile i bPobalscoil an Chnoic. Buachaill mór láidir ba ea Dónall. Gruaig chatach dhubh air agus súile gorma aige. D'imir sé iománaíocht le Club Naomh Fionnbarra agus d'imir sé ar fhoireann iománaíochta na scoile chomh maith. Ba bheag an tsuim a bhí aige sa staidéar. Cé gur bheag an tsuim a bhí ag Peadar sa spórt, réitigh an bheirt acu go maith lena chéile mar sin féin.

Bhí Bláthnaid agus Franciszka ag freastal ar Chlochar na

Toirbhearta. B'amhlaidh a bhuail Peadar le Franciszka i dteannta Dhónaill i gClub na nÓg ar dtús. Cailín an-dathúil ba ea í. Gruaig fhionn uirthi agus súile donna aici. Suim mhór aici sa lúthchleasaíocht. Tháinig a teaghlach go hÉirinn ón bPolainn sa bhliain 2005 nuair a bhí sí ocht mbliana d'aois. Ag an am sin ní raibh aici ach an Pholainnis agus chuir sé ionadh an domhain ar Pheadar go raibh ar a cumas Gaeilge agus Béarla a labhairt gan stró faoin am seo. Cosúil le Dónall bhí suim mhór aici sa cheol.

Dónall féin a d'inis do Pheadar go raibh sé caoch i ngrá léi. Oíche amháin bhí an bheirt acu ag an bpictiúrlann lena chéile. Thug Peadar faoi deara go raibh Dónall an-chorrthónach an oíche chéanna.

'An bhfuil gach rud ceart go leor?' a d'fhiafraigh sé de agus iad ag fágáil na pictiúrlainne. Bhí siad ar a mbealach go dtí McDonalds faoin am seo.

Níor fhreagair Dónall ar feadh tamaill.

Ansin gan choinne, dúirt sé.

'An féidir liom rún a scaoileadh leat?' ar seisean.

'Cinnte,' arsa Peadar, 'abair leat.'

'Ceapaim go bhfuilim i ngrá le Franciszka,' ar seisean, 'ach ní dóigh liom go bhfuil aon spéis aici ionam.'

Thug Peadar cluas le héisteacht dó an chuid eile den oíche.

Ba ag cóisir a bhuail Peadar le Bláthnaid.

Bhí cóisir ag a chara, Ciarán, ina theach i dTobar Rí an Domhnaigh oíche Aoine áirithe bliain roimhe sin. Bhí Peadar ann i dteannta Dhónaill agus bhí Bláthnaid ann i dteannta Franciszka. Chuir Franciszka an bheirt acu in aithne dá chéile. Bhí Peadar an-tógtha léi an chéad uair a leag sé súil uirthi. Cheap sé gur cailín álainn a bhí inti. Bhí gruaig chiardhubh uirthi agus súile móra gorma. Ní raibh sí ard ach bhí sí comair agus cuma aclaí uirthi.

Nuair a labhair sé léi fuair sé amach uaithi go raibh suim aici sa spórt agus gur imir sí badmantan agus hacaí. Anuas air sin thaitin an ceol agus an léitheoireacht léi. Bhí suim mhór aici sa Ghaeilge agus théadh sí chuig an Ghaeltacht gach samhradh ó bhí sí naoi mbliana d'aois. Thug sé faoi deara gur cailín spraíúil a bhí inti agus thaitin sé leis a bheith ag caint léi agus a bheith ina comhluadar.

Ón oíche sin ar aghaidh bhíodh an bheirt acu i dteagmháil go rialta trí théacsanna a sheoladh chuig a chéile. Bhí sé éirithe ceanúil uirthi agus bhraith sé go raibh Bláthnaid éirithe ceanúil air féin chomh maith.

Bhí áthas an domhain ar Pheadar í a bheith mar chara aige.

Bhí ceathrar as Pobalscoil an Chnoic suite ag an mbord taobh leo. Ba bheag aithne a bhí ag Peadar ar an triúr cailíní ach bhí aithne mhaith aige ar an mbuachaill a bhí ina dteannta.

Ciarán Ó Cinnéide!

Níor thaitin Ó Cinnéide riamh leis. Buachaill garbh drochbhéasach glórach gránna a bhí ann, dar leis. Bulaí críochnaithe. Bhí eagla an domhain ar an-chuid de na buachaillí eile roimhe, go háirithe iad siúd a bhí in aon rang leis.

Bhí a thuismitheoirí go maith as. Garáiste ag a athair ar Bhóthar na Laoi agus sciamhlann ag a mháthair ar Shráid an Chapaill Bhuí. Neart airgid ag Ó Cinnéide le caitheamh ar dheoch agus ar thoitíní. An chuma ar an scéal go raibh sé ina pheata cruthanta ag a thuismitheoirí agus iad ag cur ar a shon i gcónaí.

Ní raibh eagla ar Pheadar roimhe ach b'fhuath leis a bheith ina chomhluadar. Bhí teannas uafásach ann nuair a bhí Ó Cinnéide i láthair. Rinne sé iarracht níos mó ná uair amháin bulaíocht a dhéanamh ar Pheadar ach níor lig Peadar dó cur isteach air.

Bhí sé ceart go leor ar scoil. Ní raibh an bheirt acu san aon rang. Bhí Ó Cinnéide i Rang Oisín, an rang ba mheasa agus ba thrioblóidí sa scoil. Rinne Peadar iarracht é a sheachaint ag am sosa agus ag am lóin agus ar an mbealach abhaile ón scoil.

Buachaill íseal ramhar a bhí ann. Chaith sé toitíní agus ba mhinic a chonaic Peadar é ag ól ar an mbealach abhaile ón scoil. Chroch sé timpeall le grúpa scabhaitéirí agus cé go ndearna Peadar gach iarracht é a sheachaint tar éis na scoile, ó am go chéile chloiseadh sé a ghuth gránna ag fonóid faoi agus é ag teacht abhaile ó a bheith sa leabharlann nó ag teacht amach as siopa ceoil sa chathair.

'Tá de Faoite aerach agus is cailín ceart é!'

Cé go ngoinfeadh maslaí mar sin go cnámh é ní dhéanfadh Peadar ach a cheann a chur faoi agus brostú

pretend

leis ag ligean air nár chuala sé aon rud.

Uair amháin, rinne sé iarracht cor coise a chur ann agus é
ag siúl thairis agus bhí *desire* fonn ar Pheadar tabhairt faoi ach
choinnigh sé guaim air féin agus níor fhéach sé ina threo
fiú.

Mar sin féin bhí fonn air casadh timpeall agus dúshlán *challenge.* an
bhulaí a thabhairt. Ní dhearna sé é, áfach.

Bhíodh sé i dtrioblóid go minic ar scoil. Ba mhinic a
chonaic Peadar a thuismitheoirí amuigh i bhforhalla na
scoile ag fanacht le haghaidh cruinniú *meeting* leis an
bpríomhoide.

Ach sa Ghaeltacht d'fhéadfaidís a bheith in aon teach lena
chéile agus loitfeadh *ruin* sé sin an cúrsa ar Pheadar.

Bhí súil le Dia ag Peadar nach dtarlódh sé sin nó níos
measa fós nach mbeadh air seomra a roinnt leis an
mbithiúnach.

Bhí áthas air nuair a shroich an traein Trá Lí.

Bhí mionbhusanna ag fanacht leo ansin chun iad a
thabhairt go dtí Coláiste le Chéile.

4. Teach lóistín ar fheabhas

Ar ámharaí an tsaoil níor cuireadh é féin agus Ó Cinnéide in aon teach lena chéile.

Cuireadh é féin, Dónall, Bláthnaid agus Franciszka go dtí Teach na Gréine, teach lóistín a bhí suite i Mullach Bhéal, tuairim agus míle go leith ón gcoláiste.

Áit iargúlta a bhí ann. Bhí sé suite thuas ar thaobh an chnoic agus bhí dhá loch – an Loch Geal agus an Loch Dubh – le feiceáil go soiléir ó chúl an tí.

Bhí an Abhainn Mhór ag rith ó na lochanna agus ag gabháil thar Theach na Gréine ar a bealach síos chun na farraige. Bhí fuaim na habhann le cloisteáil go soiléir ón teach de lá agus d'oíche. Thaitin an monabhar suaimhneach go mór le Peadar agus rinne sé comparáid ina aigne idir an fhuaim seo agus fuaim an tráchta ar

Bhóthar an Iarthair i gCorcaigh.

Bean Uí Mhuircheartaigh a bhí ar bhean an tí.

Bean fháilteach dhathúil áthasach ba ea í. Bean mheánaosta a raibh a clann tógtha aici faoin am seo agus gan ach í féin agus a fear céile, Muiris, fágtha sa teach. Bhí triúr páistí acu. Bhí duine díobh pósta agus socraithe síos i gCill Airne. Bhí an bheirt eile thar sáile – duine i Nua-Eabhrac agus duine sa Bhruiséil.

Chuir sí céad míle fáilte rompu.

'Ná bígí ag glaoch Bean Uí Mhuircheartaigh orm a thuilleadh! Is féidir libh Máirín a ghlaoch orm feasta,' ar sise go gealgháireach agus rinne gáire croíúil.

'Agus seo é m'fhear céile, Muiris. Má theastaíonn uaibh dul ar an gcnoc aon Domhnach, is féidir libh dul ann i dteannta Mhuiris. Téann sé ar an gcnoc gach lá ag aoireacht na gcaorach. Is breá leis comhluadar. Nach bhfuil an ceart agam, a Mhuiris?'

Bhí Muiris ina shuí ar chathaoir cois na tine. Fear ard caol a bhí ann. Bhí cuma an fheirmeora air. Nuair a bhí siad ag teacht isteach sa chlós ar an mionbhus níos luaithe bhí sé ag lomadh caorach istigh i gcró ar chúl an tí.

Bhí a mhadra sínte amach taobh leis ar an teallach. Madra caorach mór dubh agus bán a bhí ann. Bhí an chuma air go raibh sé traochta ó obair an lae.

'Tá an ceart ar fad agat, a Mháirín. Is droch-chomhluadar iad na caoirigh. Bíonn sé an-deacair comhrá a mhealladh uathu!' ar seisean ag gáire.

'Cé mhéad caora atá agat?' d'fhiafraigh Franciszka de. Feirmeoir ba ea a hathair nuair a bhí cónaí orthu sa Pholainn.

'Mhuise, níl tuairim agam, a chailín. Tá an iomad díobh ann! Suas is anuas le míle, is dócha.'

'Cén t-ainm atá ar an madra caorach, a Mhuiris?' a d'fhiafraigh Dónall.

'Paiste an t-ainm atá air. An bhfuil madra agat féin, a bhuachaill?'

'Tá,' a d'fhreagair Dónall. 'Is brocaire Yorkshire beag bán é. Sneachta an t-ainm atá air.'

Nuair a bhí siad socraithe isteach bhí cruinniú beag aici

leo sa seomra suite agus chuir sí ar a suaimhneas iad.
Mhínigh sí rialacha an tí dóibh agus dúirt sí leo cá raibh
an coláiste suite agus cá fhad a thógfadh sé orthu chun
dul ann agus mar sin de.

Bhí béile breá blasta ullmhaithe aici dóibh. Bhí siad
stiúgtha leis an ocras agus níor fhág siad ruainne bia ina
ndiaidh ar an bpláta.

'Sibhse atá uaim!' ar sise leo agus í ag gáire, 'is breá liom
daoine óga le goile mór. Anois is féidir libh bhur scíth a
ligean ar feadh uair nó dhó. Más maith libh is féidir libh
dul chomh fada leis an gColáiste. Tógfaidh sé daichead
nóiméad oraibh an turas a dhéanamh. Tá súil agam gur
thug sibh bhur gculaith báistí libh mar ní féidir brath ar
an aimsir sa tír seo.'

D'fhág siad an teach lóistín ag a cúig a chlog agus seo leo i
dtreo an choláiste de shiúl na gcos.

Bhí an coláiste suite i ngiorracht ceathrú míle den
fharraige. Thug siad suntas do na háiseanna a bhí timpeall
air: cúirt leadóige, páirc peile agus halla mór spóirt.

Bhí radhairc bhreátha ó chlós an choláiste chomh maith.
Bhí na cnoic agus na sléibhte taobh thiar de. Tamall gairid

uaidh bhí sráidbhaile na Faiche Móire. Bhí an ghrian ag spréacharnach ar uisce an chuain, áit a raibh báid iascaireachta ar ancaire.

D'fhéadfaidís iascairí a fheiceáil ar bharr na cé agus iad ag deisiú líonta agus iascairí eile ag cur potaí gliomaigh i gceann a chéile ar thaobh an bhalla.

Chuaigh siad isteach sa sráidbhaile ansin.

Ní raibh ann ach siopa grósaera, óstán beag, teach tábhairne aonair, stáisiún peitril agus séipéal.

Chuaigh siad isteach i Siopa na Trá.

Cheannaigh siad uachtar reoite agus neart milseán. Cheannaigh Bláthnaid agus Franciszka creidmheas dá nguth*áin phóca. Labhair fear an tsiopa leo as Gaeilge. Labhair sé go mall agus bhí siad ábalta gach focal a tháinig as a bhéal a thuiscint. Nuair a dúirt siad leis gurbh as Corcaigh dóibh rinne sé gáire.

'Is Corcaíoch í mo bhean chéile! As Baile na mBocht di. Aon uair a bhíonn Ciarraí agus Corcaigh ag imirt bíonn rí-rá agus ruaille-buaille ar siúl sa teach seo. Mise ar chathaoir amháin ag screadadh ar son Chiarraí agus ise ar chathaoir eile ag screadadh ar son Chorcaí! Is míorúilt é nach mbristear an teilifíseán.'

Chaith siad tamall ina suí ar bhalla na cé ag breathnú ar na hiascairí agus ar na báid thíos fúthu sa chuan agus níor mhothaigh siad an t-am ag sleamhnú thart.

Bhí an tráthnóna go haoibhinn agus bhí leisce orthu an áit a fhágáil agus filleadh ar an teach lóistín.

5. Sult as an samhradh ach cad faoin mbaile?

D'imigh an chéad sheachtain go sciobtha.

Bhí siad éirithe cleachta ar an gcoláiste faoin tráth sin. Bhí an t-ádh orthu ó thaobh na haimsire de. Cé nach raibh sé grianmhar ná te, ar a laghad ní raibh sé ag stealladh báistí agus ní raibh orthu a gculaith báistí a chur orthu oiread agus lá amháin.

Níor mhothaigh siad an t-am ag sleamhnú thart. Ní bhíodh nóiméad le spáráil acu lá ar bith ach amháin ar an Domhnach.

Gach lá bhíodh orthu éirí ag a leath i ndiaidh a hocht. Bhí uair an chloig acu ansin le haghaidh bricfeasta agus iad féin a ullmhú don lá a bhí ag síneadh amach rompu.

Thosaíodh na ranganna ag a deich agus leanaidís go dtí

meán lae. Ansin bhíodh rang ceoil acu. Bhíodh an lón acu ag a haon. Ansin gach re lá ag a dó théadh grúpa amháin go dtí an trá agus d'fhanadh grúpa eile i limistéar an choláiste ag imirt cluichí lasmuigh agus laistigh.

Ar ais leo go dtí an teach lóistín le haghaidh an dinnéir ag a cúig. Sos ansin go dtí go mbíodh orthu filleadh ar an gcoláiste arís ag a hocht in am don chéilí. Leanadh an céilí ar aghaidh go dtí a deich agus ansin bhíodh orthu filleadh ar na tithe lóistín ag deireadh na hoíche.

Soilse múchta ag a haon déag. Dreas cainte go dtí meán oíche agus ansin Tír na mBrionglóidí!

Bhí ar Pheadar a admháil go raibh sé ag baint an-taitneamh go deo as an gcúrsa. Thuig sé ó Dhónall, Bláthnaid agus Franciszka go raibh siad siúd ag baint an-sult as freisin. Agus ní raibh puinn obair bhaile le déanamh acu – buntáiste mór. Bhí tinneas baile ar Franciszka ar feadh lae nó dhó ach b'in a raibh ann.

Bhí slua deas ag freastal ar an gcoláiste. Bhí gach rud go breá cé is moite de rud amháin. Bhí Ó Cinnéide éirithe ní ba mheasa ná riamh. Bhí Bláthnaid cráite aige, go háirithe ag an gcéilí. Ní stopadh sé ach ag iarraidh uirthi dul amach ag damhsa leis. Cé gur dhiúltaigh sí dó níos mó ná

problem

uair amháin, ba dhuine é a raibh fadhb mhór aige leis na focail 'ní hea!'. Bhí Peadar éirithe bréan de. Thuig sé go raibh sé ag fonóid faoi laistiar dá dhroim agus ag iarraidh na buachaillí eile a iompú ina choinne.

Bhí rún déanta ag Peadar, áfach. Ní raibh sé chun cur suas leis. *Sooner or later* Luath nó mall bhí sé chun a dhúshlán a thabhairt.

Níos luaithe ná mar a cheap an bulaí críochnaithe úd freisin.

Bhí Diarmaid de Staic, an tArdmháistir, go deas. Thug sé cead a gcinn dóibh. Laistigh de na rialacha, ar ndóigh! Ba dhuine é 'a chreid *in personal freedom,* sa tsaoirse phearsanta', a dúirt sé sa rang maidin amháin.

Dúirt sé leo gur fhreastail sé ar an bhféile cheoil *famous* cáiliúil *Woodstock* in 1969 agus gur athraigh an t-eispéireas *experience* sin a shaol go deo. Mar sin féin, níor ghlac sé le cacamas ó aon duine. Bhí sé an-dian *very strict* ar fad maidir leis an riail a bhain le labhairt na Gaeilge. *Aon duine a chloisfeadh sé ag labhairt Béarla, gheobhadh an duine sin íde na muc is na madraí uaidh. Dá gcloisfeadh sé an dara huair é, chuirfeadh sé fios ar thuismitheoirí an duine sin. Agus an tríú huair…bata agus bóthar abhaile!

28

Bhí Peadar breá sásta leis an méid sin. Tar éis an tsaoil, níor tháinig sé an bealach ar fad go hiarthar Chiarraí chun éisteacht le Béarla nó níos measa fós chun Béarla a labhairt.

Ach bhí Béarla á labhairt cuid mhaith. Béarla ar fad a labhair Ó Cinnéide nuair a bhí sé as raon éisteachta an Ardmháistir agus na múinteoirí eile.

Ach luath nó mall…

Ní raibh máthair Pheadair in ann cuairt a thabhairt air Dé Domhnaigh.

Dúirt sí leis sa téacs a chuir sí chuige go raibh Daid ag teacht chuige féin go mall. Ní fhéadfadh sí teacht anuas go Ciarraí mar go mbeadh uirthi aire a thabhairt dó, a dúirt sí. Dhéanfadh sí gach iarracht teacht an Domhnach ina dhiaidh sin. Chuirfeadh sí ceist ar mháthair Dhónaill agus b'fhéidir go bhfaigheadh sí síob uaithi. Ar an drochuair ní raibh ar a cumas féin tiomáint. Ba mhinic a chuala Peadar í ag clamhsán go raibh aiféala mór uirthi nár fhoghlaim sí conas carr a thiomáint. Rinne a Dhaid iarracht í a spreagadh chun ceachtanna tiomána a thógáil níos mó ná uair amháin ach bhíodh leithscéal éigin aici i gcónaí.

29

Bhí Peadar buartha i dtaobh a dhaid. Ní raibh sé cinnte an raibh a mham ag insint na fírinne dó ina thaobh. Dúirt sí leis níos mó ná uair amháin nuair a cheistigh sé í nach raibh cíos, cás ná cathú air.

'Is amhlaidh a ghortaigh sé a dhroim nuair a shleamhnaigh sé ar an leac oighir ar chúl an tí um Nollaig. Nach cuimhin leat, a Pheadair? Bhí sé amuigh ag iarraidh an sconna agus an píobán reoite a leá. Nach cuimhin leat gur thit sé agus gur ghortaigh sé a dhroim ar an gcosán?'

'Is cuimhin liom an méid sin. Ach cheap mé go raibh sé ceart go leor arís i gceann lae nó dhó tar éis dó a scíth a ligean. Nach ndúirt tusa liom go raibh an bheirt agaibh ag rince le chéile ag an gcóisir a bhí ar siúl i dteach Mháire ar Oíche Chinn Bliana? Nach ndúirt tú liom go raibh ort a rá leis é a thógáil go bog agus ciall a bheith aige?'

B'amhlaidh a d'éirigh sí crosta leis.

'A Pheadair, cad chuige na ceisteanna go léir? Nach ndúirt mé leat gur ghortaigh sé a dhroim de bharr na timpiste a bhí aige? Nach leor an méid sin mar eolas duit? Tar éis an tsaoil, ní dochtúir mise!'

Bhí sé fánach ag Peadar í a chloistiú a thuillcadh. Ba dhuine ceanndána í Mam. Cosúil leis féin. D'fhéadfadh sé féin a bheith an-cheanndána nuair ba mhian leis. B'in ceann de na tréithe ba mheasa a fuair sé mar oidhreacht uaithi. Agus an tréith ba mhó a fuair sé óna dhaid ná foighne! Ba dhuine an-fhoighneach é Daid. Ní fhéadfaí é a chur go bun na foighne.

Mar sin féin bhí Peadar imníoch ina thaobh. Bhí sé cinnte go raibh rud éigin á cheilt air ag an mbeirt acu. Ar bhealach, bhí ríméad air an teach a fhágáil agus dul chuig an Ghaeltacht. Bhí sos ag teastáil go géar uaidh. Ní raibh an t-atmaisféar sa bhaile thar mholadh beirte. Bhí teannas sa teach an t-am ar fad. Chloisfeadh sé a thuismitheoirí ag cogarnach agus nuair a thiocfadh sé isteach sa seomra ina raibh siad stopfaidís ó bheith ag cogarnach agus bheadh ciúnas míchompordach sa seomra.

Bhí sé bréan bailithe de. Bhí sé ag dul as a mheabhair de bharr an teannais go léir. Ní fhéadfadh sé ciall ar bith a bhaint as. Ní fhéadfadh sé bun ná barr a dhéanamh dá dhaid ach an oiread. Tráth dá raibh ba dhuine gealgháireach lúcháireach sona é. Le mí nó dhó anuas ba dhuine gruama tostach é.

Ná níor tháinig aon athrú air ó bhí an obráid aige.
B'amhlaidh a d'éirigh sé níos gruama fós, níos tostaí fós.
Agus bhí sé mall ag teacht chuige féin. Cheap Peadar go
mbeadh sé i mbarr na sláinte faoin am seo. Ach ba bheag
an biseach a bhí tagtha air, dar le Peadar.

Chroith Peadar a cheann.

Ní raibh buntáiste ar bith ag baint le bheith ina pháiste
aonair. Bhí sé mar nós ag a thuismitheoirí nithe a cheilt
air. Ba mhaith a thuig sé é sin. Go minic nuair a cheistigh
sé iad i dtaobh na mblianta a chaith siad san Astráil, ní
bhfaigheadh sé freagra ar bith uathu.

Ciúnas iomlán.

Ciúnas iomlán agus teannas.

Bhí sé éirithe an-chleachta go deo ar an teannas ach go
háirithe.

Bhí sé cúig bliana déag d'aois ach ní raibh siad sásta aon
rud a insint i modh rúin dó. Ní raibh aon mhuinín acu as
nó bhí rún mór le ceilt acu…

Oíche amháin nuair a bhí Peadar in aois a dhá bhliain déag
d'fhan sé thar oíche i dteach a aintín, Míde. Dhúisigh sé

uair éigin i lár na hoíche agus chuala sé Míde agus a fcar céile, Cian, ag caint sa seomra codlata taobh leis. Níor chuala sé mórán ach chuala sé na focail agus na nathanna 'alcólach é Maidhc, in ainm Dé', 'san Astráil', 'ní fheadar conas a chuireann Beití suas leis', 'Peadar bocht', 'trua agam dó', agus focal nó dhó eile nár chuala sé i gceart.

Arbh é a bhí i gceist acu ná go raibh fadhb óil ag a athair? Gur 'alcólach' a bhí ann? Bhí a fhios ag Peadar gur ól a athair agus go mbíodh sé ólta go minic. Ach ní fhaca sé riamh ar meisce é . . . bhuel, ní fhéadfadh sé mar nach bhfillfeadh a dhaid ón gClub go dtí uair mharbh na hoíche. Agus ó chaill sé a phost le Life Active d'fhanfadh sé sa leaba ar maidin go dtí a deich a chlog.

Sea, bhí sé meidhreach an tráthnóna úd um Nollaig nuair a sciorr sé sa ghairdín cúil agus nuair a ghortaigh sé a dhroim. Chaith sé an tráthnóna i dteach comharsan. Bhí Peadar thuas staighre ina sheomra ag imirt cluiche ar a *Playstation* nuair a tharla sé

Nuair a chuir sé ceist ar Mham ina thaobh dúirt sí leis go raibh sé imithe a luí, gur sciorr sé sa ghairdín cúil agus é ag iarraidh sconna agus píobán uisce a leá agus gur ghortaigh sé a dhroim.

Bhí cuma chrosta chloíte cheilteach uirthi agus í ag rá an méid sin leis. An chuma chéanna a bhíodh uirthi nuair a cheistíodh sé í faoin Astráil, faoi conas a tharla sé gur chaill a dhaid a phost le Life Active, faoin bpian ina dhroim…

She was hiding something from her

Bhí rud éigin á cheilt aici air. Bhí sin cinnte. Luath nó mall bheadh air an fhírinne a lorg agus dá luaithe ab fhearr.

6. Rogha mhór ag Peadar

Ní raibh tuairim aige cé uaidh an téacs a fuair sé. Níor aithin sé an uimhir ghutháin.

HO! AG BUALA LE KEILE SA SKIOBOL I NGORT A LEASA ANOKT AG MEANOIKE. BEIR LEAT DO 6 PAKA AGUS DO 20 MAJORS. BEIDH AN-KRAK AGAINN! HO! HO! HO!

REKA

Cérbh é *Reka*? Ainm bréige gan dabht ar bith. Níorbh í uimhir Uí Chinnéide í ar aon chaoi.

Oíche Shathairn. Iad ag breathnú ar an teilifís sa teach lóistín.

Match of the Day ar siúl. Learpholl v. Man City. 1–1 an scór ag leatham.

'Bhfuil a fhios ag éinne agaibh cé leis – nó léi – an uimhir 087-8071199?' a d'fhiafraigh Bláthnaid den triúr eile.

An téacs céanna faighte acu go léir.

Cá bhfuair an té a sheol an téacs a gcuid uimhreacha?

Bhí Dónall den tuairim gurbh é Ó Cinnéide a thug na huimhreacha do pé duine a sheol an téacs.

'Tá a fhios agamsa.' arsa Franciszka.

D'fhéach an triúr acu ina treo.

'Denise Ní Loingsigh. Tá a huimhir ar mo ghuthán agam. Caithfidh go ndearna sí dearmad air sin. Bitseach cheart. Tá a fhios agaibh an cailín leis an ngruaig rua a bhíonn ag crochadh thart le hOisín Mac Ruairí agus na deirfiúracha Patterson. Tá sí cairdiúil le Ó Cinnéide chomh maith.'

'An bhfuil a fhios ag éinne agaibh cá bhfuil an scioból sin?' a d'fhiafraigh Dónall.

'Tá sé píosa maith isteach ón mbóthar ar fheirm thréigthe gar go maith don chrosaire. Téann an dream sin go léir ann chun toitíní a chaitheamh agus beoir a ól.'

'An rachaimid ann?' a d'fhiafraigh Franciszka.

Ní dúirt éinne tada.

Nuair a labhair Dónall bhain sé geit as Peadar.

'Táimse sásta sciuird a thabhairt ar an áit ar feadh uair an chloig nó dhó. Caithfidh mé dul síos go dtí an siopa agus toitíní a cheannach.'

'Ach beidh an siopa dúnta faoin am seo,' arsa Bláthnaid.

'Ní bheidh. Ní dhúnann sé go dtí a haon déag ar an Satharn.'

'Agus cad faoi channaí beorach?' a d'fhiafraigh Franciszka.

'Á, nílim chun bacadh le cannaí beorach. Ní ólaim alcól ar aon nós.'

Dhearc Bláthnaid ar Pheadar go fiosrach.

'Cad fútsa?' ar sise leis, 'an bhfuil fonn ortsa dul ann?'

'Is beag an fonn atá ormsa,' a d'fhreagair sé. 'Ní rachaidh mise ann mura rachaidh tusa. Ar aon chaoi, ní bhfaighimid cead ó Bhean Uí Mhuircheartaigh…ó Mháirín, dul ann.'

Rinne Dónall gáire.

'D'imigh sí amach i bhfad ó shin le haghaidh béile, í féin agus Muiris. Beidh sí ag teacht abhaile laistigh de leathuair an chloig. Beidh an bheirt acu ina gcodladh go sámh roimh mheán oíche. Tig libh sleamhnú amach an cúldoras go gairid ina dhiaidh sin. Rachaidh mise síos go dtí Siopa Uí Néill láithreach bonn agus ceannóidh mé na toitíní sula ndúnfar an áit. Fanfaidh mé libh ag an gcrosaire.'

Rinne Peadar a aigne suas go sciobtha.

'Nílimse ag dul ann,' ar seisean.

'Ná mise,' arsa Bláthnaid.

'Cad fútsa?' a d'fhiafraigh Dónall de Franciszka.

'Rachaidh mise leat más maith leat. Buailfidh mé leat ag an gcrosaire ag a leath i ndiaidh a dó dhéag. 'Bhfuil sé sin *ok*?'

'Tá sé sin ar fheabhas ar fad,' arsa Dónall go gealgháireach.

7. An phraiseach ar fud na mias

Bhí an phraiseach ar fud na mias maidin Dé Domhnaigh.

An t-ardmháistir ag dul ó theach lóistín go teach lóistín ag a naoi a chlog ar maidin agus rabharta feirge air.

Chuala Peadar blúirí beaga den chomhrá a tharla idir é féin agus Máirín agus iad istigh sa chistin thíos faoi. Bhí Peadar ag léamh ina sheomra thuas staighre.

'Scata diabhal…gach uile dhuine acu…náirithe… muinín…ólta…troid…cruinniú práinneach….'

Chonaic Peadar é agus é ag dul isteach ina charr lasmuigh agus ag tiomáint ar luas lasrach aníos an aibhinne, scamall mór deannaigh ag éirí in airde san aer laistiar den charr.

Bhí cnag ar an doras.

Chuir Máirín a ceann sa doras.

'Caithfidh tú éirí agus dul amach chuig an gColáiste láithreach bonn,' ar sise, 'tá Bláthnaid ag feitheamh leat thíos staighre.'

'Cá bhfuil Dónall agus Franciszka?' d'fhiafraigh Peadar agus ionadh an domhain air.

Chroith sí a ceann go cráite.

'Tá siad amuigh sa halla cheana féin. Beireadh ar an mbeirt acu sa scioból ag a dó a chlog aréir agus iad ag caitheamh. Táim an-díomách....'

As go brách le Peadar agus Bláthnaid gan fiú an bricfeasta a ithe. Shroich siad an halla ag a deich a chlog. Bhí dream mór lasmuigh ag feitheamh le dul isteach, iad ag gliúcaíocht isteach an fhuinneog ar an dream a bhí istigh rompu.

Chuaigh Peadar agus Bláthnaid go dtí ceann de na fuinneoga agus d'fhéach siad isteach.

Bhí suas is anuas le dáréag dalta suite ar an mbinse mór adhmaid le hais an bhalla istigh sa halla, a gceann cromtha acu agus cuma an-dearóil orthu go léir.

Bhí na gnáth amhrasáin go léir ann, ar ndóigh: Ó Cinnéide, Denise Ní Loingsigh; na deirfiúracha Patterson; Aodh Mac Ruairí; Aoife de Brún; Sonia Nic Ionraic… agus Dónall agus Franciszka.

Cé go raibh trua ag Peadar do Dhónall agus Franciszka, ba bheag an trua a bhí aige do chuid den dream eile a bhí i dtrioblóid, go háirithe do leithéidí Uí Chinnéide, Ní Loingsigh agus na deirfiúracha Patterson. Bhí sé soiléir ón gcéad lá den chúrsa nach raibh uathu siúd ach craic agus diabhlaíocht agus nach ar mhaithe leis an nGaeilge a fhoghlaim a tháinig siad ar chor ar bith.

Chualathas carr ag stopadh lasmuigh. Plabadh an doras agus thosaigh coiscéimeanna ag déanamh ar dhoras tosaigh an halla.

D'fhéach gach éinne síos i dtreo an dorais.

Bhí an tArdmháistir ina sheasamh ann agus cuma an-chrosta air. Rinne sé a bhealach suas trí lár an halla agus dhreap suas an staighre beag adhmaid go raibh sé ina sheasamh ar an ardán.

Ghlan sé a scornach agus labhair sé os íseal. Chloisfeá biorán ag titim ón spéir leis an gciúnas a bhí sa halla.

'Bhí muinín agam asaibh,' ar seisean agus é ag breathnú amach faoina chuid spéaclaí ar an mbinse fada adhmaid agus ar a raibh suite air, 'ach lig sibh síos mé. Lig sibh síos go dona mé. Bhí mé réasúnta libh, bhí mé lách libh, bhí mé cothrom libh agus cad a rinne sibh? Lig sibh síos mé. Ar ndóigh, níl ionaibh ach mionlach beag, dáréag ar fad. Agus as an dáréag sin is caoirigh seisear agaibh a lean an slua agus nach raibh baint dá laghad agaibh le reáchtáil na hócáide seo. Ach bhí sibh ann. Ní raibh sé de mhisneach agaibh diúltú don chuireadh a fuair sibh cé gur mhaith a thuig sibh go raibh sé glan in aghaidh rialacha an choláiste seo a leithéid a dhéanamh. Níor ól duine ar bith den seisear agaibh ach chaith ceathrar agaibh toitíní.'

Stad sé ar feadh tamaill bhig agus lig sé dá raibh ráite aige dul i bhfeidhm ar an lucht éisteachta. Ansin thosaigh sé arís.

'Is féidir leis an seisear agaibhse dul abhaile go dtí bhur dtithe lóistín anois díreach. Idir seo agus deireadh an chúrsa ní bheidh cead agaibh bhur dteach a fhágáil ar ór ná ar airgead tar éis a sé a chlog ar an Satharn agus ar an Domhnach. Beidh cead agaibh dul amach le bhur dtuismitheoirí ar an Domhnach más rud é go dtugann siad cuairt oraibh. Ach sin uile. Abhaile libh anois.'

D'éirigh an sciscar ina scasamh agus d'fhág siad an halla gan focal a rá. Bhí áthas ar Pheadar agus ar Bhláthnaid go raibh Dónall agus Franciszka i measc an tseisir sin. Lean an tArdmháistir ar aghaidh.

'Anois, an seisear agaibh atá fágtha, tagaigí suas chugam láithreach bonn.'

Sheas an seisear agus seo leo suas go barr an halla.

'Tá teagmháil déanta agam le bhur dtuismitheoirí go léir,' ar seisean go mall, 'agus beidh siad ag teacht chun cuid agaibh a bhailiú san iarnóin. Anois, tá triúr agaibh nach raibh ach ag leanúint an tslua, mar a déarfá, ach fós féin beireadh oraibh agus cannaí beorach á n-ól agaibh. Mar sin, beidh oraibh an scéal ar fad a mhíniú domsa i láthair bhur dtuismitheoirí ar ball. Anois, Aoife de Brún, Sonia Nic Ionraic agus Aodh Mac Ruairí, ar ais go dtí bhur dtithe lóistín libh go beo. Beidh mé ag caint libh níos déanaí i dteannta bhur dtuismitheoirí.'

D'fhág siad an halla go maolchluasach.

'Maidir leis an triúr agaibhse,' ar seisean lena raibh fágtha, 'táim thar a bheith díomách libh. Mhínigh mé na rialacha daoibh níos mó ná uair amháin agus shínigh sibh iad.

Thuig sibh go maith go raibh cosc ar ól agus ar chaitheamh tobac ach thug sibh an chluas bhodhar don chomhairle a cuireadh oraibh níos mó ná uair amháin. Ar an ábhar sin ní bheidh an dara rogha agam ach iarraidh ar bhur dtuismitheoirí sibh a bhreith abhaile leo níos déanaí inniu. Tá brón agus aiféala orm go bhfuil orm an cinneadh seo a thógáil ach níl aon rogha eile ann. Bhí an triúr agaibhse ar deargmheisce nuair a rug na Gardaí oraibh ag troid agus ag béicíl sa sráidbhaile ag a trí a chlog ar maidin. Lig sibh an coláiste síos leis an droch-iompar sin, lig sibh mise síos, lig sibh bhur dtuismitheoirí síos ach níos mó ná éinne eile lig sibh sibh féin síos.'

Stad sé den chaint. Chloisfeá biorán ag titim sa halla mór folamh.

'Anois, Denise Ní Loingsigh, Ciarán Ó Cinnéide agus Sorcha Patterson, amach libh anois agus fanaigí liom lasmuigh sa chlós, más é bhur dtoil é.'

D'imigh siad leo. Bhí aoibh an gháire ar aghaidh Uí Chinnéide, cuma chrosta ar aghaidh Ní Loingsigh agus bhí Sorcha Patterson ag caoineadh uisce a cinn.

I gcoinne a thola, ní fhéadfadh Peadar ach osna faoisimh a ligean. Fuair siad a raibh tuillte acu. Bhí trua éigin aige

44

do Shorcha ach ní raibh trua dá laghad aige do Denise Ní Loingsigh ná do Chiarán Ó Cinnéide mar thuig sé go maith gurbh iad an bheirt sin a d'eagraigh an ócáid agus bhí sé soiléir gur beag an brón a bhí orthu as a raibh déanta acu.

Bhí áthas air nach mbeadh Ó Cinnéide ann a thuilleadh chun é a chrá. Bheadh an lá amárach ina lá geal aoibhinn dá bharr sin.

8. Ag tnúth leis an Tóraíocht Taisce

Bhí gach duine ag tnúth go mór leis an Tóraíocht Taisce. B'in í an ócáid ba mhó tábhacht ar an gcúrsa. Bhí Peadar faoi gheasa ag an staraí áitiúil, Seán Ó Dubhda, a tháinig isteach go dtí an seomra ranga gach maidin ar feadh seachtaine. Oscailt súl a bhí ann do gach éinne ar an gcúrsa.

Ní hamháin gur thug an tUasal Ó Dubhda cuntas dóibh ar stair an cheantair ach thug sé léargas iontach dóibh ar bhéaloideas agus ar sheanchas na háite. Bhí Peadar, ach go háirithe, faoi gheasa ag an seanchas, go háirithe an scéal a d'inis sé dóibh faoi Smugglers' Cove. Dúirt Ó Dubhda leo go mbíodh traidisiún láidir smuigléireachta sa cheantar san ochtú haois déag.

De réir an tseanchais rinne na Lochlannaigh tollán faoi thalamh ón trá go dtí barr an chnoic. Rinne siad an tollán sco chun teacht i dtír agus scilbh a ghlacadh ar an áit.

San ochtú haois déag bhain smuigléirí úsáid as an tollán chun tobac agus branda agus rum a smuigleáil isteach agus a dhíol ar an margadh sa Daingean agus i dTrá Lí. Ba ón Spáinn agus ó Shasana a thagadh na hearraí seo, de réir an tseanchais. Dhéantaí na hearraí a chur isteach i mbáid saighne i gCuan Chorcaí agus thagaidís an bealach ar fad go dtí Smugglers' Cove chun iad a thabhairt i dtír.

An tiarna talún, Gearóid Mac Gearailt, ón gceantar a bhíodh mar cheannaire ar na smuigléirí seo. Ba dhuine gan puinn scrupaill é Mac Gearailt agus dá gcuirfeadh éinne ina choinne, chuirfeadh sé chun báis iad.

Chuir sé bac ar dhaoine dul go dtí an trá istoíche agus dá mbéarfadh sé ar éinne i bhfoisceacht scread asail do Smugglers' Cove dhéanfadh sé é a bhá san fharraige. Ar an ábhar sin bhí leisce fós ar mhuintir na háite dul chuig an trá tar éis titim na hoíche.

Sula raibh an tUasal Ó Dubhda críochnaithe lena chuntas, sháigh Peadar a lámh san aer.

'Tá ceist agam ort,' ar seisean.

Rinne Ó Dubhda meangadh mór gáire.

'Abair leat, a bhuachaill,' ar seisean go gealgháireach, 'déanfaidh mé gach iarracht í a fhreagairt duit.'

'An bhfuil an tollán sin fós in úsáid?'

'Sin ceist an-mhaith. An freagra macánta ná nach bhfuilim cinnte. Is cuimhin liom dul isteach ann nuair a bhíos an-óg. Bhí mo thuismitheoirí ar buile liom. Ní raibh cead agam dul isteach ann arís, deirimse leat! Ach tá ráflaí cloiste agam go mbíonn daoine ag dul isteach ann i lár na hoíche. Ar ndóigh, níl iontu ach ráflaí. Ní féidir liom a rá, a bhuachaill. Beidh seans agaibh go léir an tollán a fheiceáil nuair a bheidh an Tóraíocht Taisce ar siúl. Cuirfear tús leis an Tóraíocht Taisce thíos i Smugglers' Cove agus cuirfear clabhsúr leis thuas ag barr an chnoic, san áit ar a nglaoitear Danes' Tunnel.'

9. Baineann a mham geit uafásach as

Thug a mham cuairt air ar an Domhnach. Fuair sí síob ó mháthair Dhónaill.

Chuaigh an ceathrar acu – máthair Pheadair, máthair Dhónaill, Peadar agus Dónall – isteach sa Daingean le haghaidh béile. Chuaigh siad go dtí Óstán na Sceilge, áit a raibh neart tuismitheoirí eile bailithe le haghaidh lóin.

Bhí áthas ar Pheadar a fheiceáil go raibh dea-aoibh ar Dhónall arís tar éis na heachtra a bhain dó féin agus dá cara, Franciszka. Chaith sé an tseachtain ar fad agus cuma ghruama air. Bhí sé tar éis léasadh teanga a fháil ón ardmháistir agus ní mó ná sásta a bhí a mháthair leis ach an oiread. Thar aon rud eile, a dúirt sé le Peadar, bhí aiféala air go ndearna sé amadán de féin os comhair an tsaoil.

Ach anois bhí a cheacht foghlamtha aige. Mar a deir an seanfhocal 'ní thagann ciall roimh aois'. Bhuel, bhí ciall cheannaithe ag Dónall anois!

Bhain siad taitneamh as an mbéile mar cé go raibh an bia sa teach lóistín go maith, fós féin éiríonn duine bréan den rud céanna lá i ndiaidh lae. Bhí sicín rósta agus bagún ag Peadar agus Dónall agus bhí an bheirt acu den tuairim go raibh sé an-bhlasta ar fad. Mar mhilseog d'ith siad an *pavlova* a bhí, mar a déarfá, ríthaitneamhach.

Tar éis an bhéile scar siad ar feadh uair an chloig. Chuaigh Dónall agus a mháthair isteach sa bhaile mór agus chuaigh Peadar agus a mham ag siúlóid ar an muiríne. Bhí an tráthnóna go hálainn agus thug siad suntas dá bhfaca siad timpeall orthu. Bhí plód mór daoine ag spaisteoireacht thart agus iad ag baint taitnimh as na radhairc.

Shuigh siad síos ar bhinse adhmaid chun a scíth a ligean, áit a raibh radharc iontach acu ar Bhá an Daingin agus ar na báid a bhí ag teacht agus ag imeacht. Bhí ciúnas eatarthu ar feadh tamaill, an bheirt acu ag amharc timpeall orthu. Nuair a labhair a mham faoi dheireadh, bhain sí preab as Peadar.

'Tá Daid ar ais san ospidéal.'

'Ar ais san ospidéal? Ní thuigim.'

'Ní raibh sé ar fónamh oíche Dé hAoine agus bheartaigh mé maidin Dé Sathairn go rachadh sé chuig an ospidéal. Thug Uncail Conn síob dó. Tá uncail Conn go hiontach. Murach é ní fheadar cad a dhéanfainn in aon chor. Is aingeal coimhdeachta é, táim á rá leat . . .'

'Cad chuige? Cad chuige ar tógadh chuig an ospidéal é, a Mham? Nach bhfuil aon bhiseach ag teacht air? An bhfuil rud éigin, rud éigin nach bhfuil tú ag insint dom, a Mham? Má tá, b'fhearr liom go n-inseofá dom é?'

D'fhéach sé sna súile uirthi. Cé go ndearna sí iarracht a súile a ísliú go sciobtha, bhí sé ródhéanach aici. Bhí rud éigin á cheilt aici air. Bhí an phian agus an sceon tugtha faoi deara aige agus an tocht a líon a súile le deora dá hainneoin féin.

'A Mham, táim cúig bliana déag d'aois. Ní páiste a thuilleadh mé. Caithfidh tú an fhírinne a insint dom, a Mham.'

D'iompaigh sí chuige agus chonaic sé an líonrith ina

súile. Nuair a labhair sí bhí a guth ag crith le neart mothúchán.

'Bhí eagla orm aon rud a rá leat, a Pheadair. Níor mhaith liom tú a bhuaireamh agus tú imithe go dtí an Ghaeltacht le do chairde. Ar aon nós, ní rabhamar cinnte…'

'… cinnte? Cad faoi nach raibh sibh cinnte, a Mham?'

'Faoi shláinte Dhaid. Ní rabhamar cinnte an raibh aon rud eile cearr leis seachas an phian ina dhroim.'

'Agus an bhfuil, an bhfuil aon rud eile cearr leis?'

'An freagra macánta ná nach bhfuilim cinnte. Sin í an fhírinne, a Pheadair. Deir an dochtúir go gcaithfidh sé tástálacha fola a dhéanamh air i gceann seachtaine nó mar sin agus go dtí sin ní féidir leis aon eolas cinnte a thabhairt dom. Tá a dhroim mall ag cneasú. Bhí obráid mhór aige agus ba cheart go mbeadh sé ag teacht chuige féin faoin am seo ach táimse chomh dall leatsa, a Pheadair. Níor thug an dochtúir aon gheallúint dom. Deir sé go bhféadfadh sé seachtain iomlán a thógáil sula mbeidh sé in ann prognóis chinnte a thabhairt dom.'

Chroith Peadar a cheann go gruama.

'Cad a dhéanfaimid má tá drochscéal aige duit?'

Rug a mham greim láimhe air agus rug barróg éadrom air.

'Caithfimid a bheith dóchasach, a Pheadair. B'fhéidir nach bhfuil tada cearr leis. Abair paidir ar a shon sula dtéann tú a luí anocht.'

'Ach, a Mham, nílim cinnte go bhfuil an fhírinne á hinsint agat dom.'

D'fhéach sí air amhail is gur bhuail sé le tua í.

'An fhírinne?' ar sise. 'Cad atá i gceist agat, in ainm Dé?'

Labhair Peadar go mall, stadach.

'An . . . an alcól . . . alcólach é Daid, a Mham?'

Chroith sí a ceann go gruama.

'Ní haon alcólach é do dhaid, a Pheadair. Bhí sé mar nós aige an iomad a ól ar feadh na mblianta agus uaireanta dhéanadh sé amadán de féin ach ní haon alcólach é. Níor ól sé braon ón Nollaig.'

'Agus cad faoin timpiste a bhí aige sa ghairdín cúil.'

'Seafóid! Shleamhnaigh sé ar an leac oighir. Ní raibh baint dá laghad ag an ól leis an timpiste sin.'

'Agus cad faoi… conas… a chaill sé a phost le Life Active…agus an Astráil?'

Tháinig cuthach feirge uirthi agus phléasc sí.

'Cé atá ag cur na smaointe seafóideacha gránna sin i do cheann, a Pheadair? D'aintín Míde, an ea? Tá tú ag dul thar fóir ar fad leis. Chaill d'athair a phost le Life Active mar go raibh an comhlacht ag scaoileadh cuid den fhoireann chun siúil. Ní raibh aon bhaint ag an ól leis in aon chor. Do dhaid bocht. Bíonn gach éinne anuas air.'

'Agus cad faoin Astráil?'

Gan choinne, thosaigh sí ag caoineadh uisce a cinn. Bhí a corp ar fad ag crith le neart dobróin. Bhí na deora ag sileadh anuas agus bhí sí ag tabhairt smitíní beaga den chiarsúr dá súile.

Bhí aiféala ar Pheadar gur ghoill sé chomh mór sin uirthi. Leag sé lámh ar a rosta.

'Tá brón orm, a Mham. Ní raibh sé i gceist agam cur ….'

Ghearr sí isteach air trína deora.

'Ná bíodh aon aiféala ort, a chroí. Ní ortsa atá an locht. Rinneamar faillí ionat. Ba cheart dúinn an scéal ar fad a insint duit. Ní fheadar cad chuige ar choimeádamar ina rún é. Ormsa ar fad atá an locht.'

'Rún? Ní thuigim, a Mham?'

Rug sí greim uirthi féin. Shéid sí a srón isteach sa chiarsúr. Ghlan sí na deora dá súile is dá leicne. Leag sí a lámh ar ghualainn Pheadair.

'Ní raibh aon bhaint ag an ól leis an bhfilleadh abhaile ón Astráil. Ó, a Pheadair, ní raibh locht ar bith ar d'athair bocht. Is amhlaidh … is amhlaidh a bhí caidreamh … *affair* … beag agamsa le dochtúir san ospidéal ina raibh mé ag obair in Sydney.'

Tharraing Peadar siar uaithi. Bhí ionadh agus alltacht ina shúile.

'*Affair!* Bhí *affair* agat, a Mham? In ainm Dé, cad a thug ort a leithéid a dhéanamh?'

'Ní raibh ann ach … ach taom … taom gan chiall. Níl a fhios agam cad a tháinig orm, a Pheadair. Bhí do dhaid ag obair san

Iargúil ag an am. Bhí aiféala uafásach orm gur tharla sé. D'fhéadfainn é a cheilt ar dhaid ach d'admhaigh mé dó é. Bhí sé go mór trí chéile agus thosaigh sé ag ól go trom.'

'An raibh mise …?'

'Ó, ní raibh in aon chor. Tharla sé an chéad bhliain a bhíomar ann. Ní raibh ann ach … ach *one night stand*. Ní rabhamar pósta ná geallta fiú. Bhí mé ag obair oícheanta san ospidéal. Uaireanta ní fheicfinn do dhaid ar feadh míosa. Bhínn an-uaigneach mar nach raibh aon chairde agam san áit. Bhí dochtúir óg ón Nua-Shéalainn ag obair i mo theannta istoíche.'

Ghearr Peadar isteach uirthi.

'Ní theastaíonn uaim a thuilleadh a chloisteáil.'

'Mhínigh mé gach rud do Dhaid agus mhaith sé dom é. Ba mhaith liom go ndéanfá-sa an rud céanna, a Pheadair.'

Dhruid Peadar níos faide uaithi.

Bhí roithleán ina cheann.

B'fhearr leis dá n-osclódh an talamh faoina chosa agus go slogfaí é.

10. Faigheann an fhiosracht an ceann is fearr ar Pheadar

Chaith Peadar oíche Dé Domhnaigh ag tabhairt na gcor sa leaba. Ní fhéadfadh sé an scéal a d'inis a mham dó a ruaigeadh as a cheann.

Cé go ndearna a mham a croídhícheall é a chur ar a shuaimhneas, ghoill a scéal go mór air.

Conas a dhéanfadh sí a leithéid?

Conas a d'fhéadfadh sí feall mar sin a imirt ar Dhaid bocht?

Chuir an smaoineamh déistin ar Pheadar. Agus é ag cur i leith a dhaid go raibh fadhb óil aige nuair ba í a mham an té a bhí ciontach an t-am ar fad. Níorbh aon ionadh é go raibh dúil ag Daid san ól tar éis an feall a bhí déanta ag Mam air.

Chuaigh sé dian ar Pheadar é a chreidiúint. Chuaigh sé dian air srian a choinneáil air féin.

Thug sé fúithi nuair a mhol sí dó teacht abhaile ina teannta agus an rud ar fad a phlé le Daid. A leithéid de sheafóid!

Dhiúltaigh sé dá barróg agus iad ag scaradh óna chéile. Chuirfeadh aon teagmháil léi masmas air ag an bpointe sin.

Lorg sí a mhaithiúnas agus í ag dul i dtreo carr mháthair Dhónaill lasmuigh den teach lóistín. Chonaic sé go raibh deora ina súile.

'Déanfaidh mé mo mhachnamh air, a Mham,' na focail dheireanacha a dúirt sé léi.

Bhí giolcadh an ghealbhain ann sular thit a chodladh air. Codladh corrach taomach a bhí aige, lán de thromluithe scéiniúla.

Níorbh aon ionadh é mar sin go raibh sé déanach ag éirí.

Bhí ar Mháirín bualadh go láidir ar an doras agus scread a ligean.

'Éirigh, a Pheadair! Tá sé leathuair i ndiaidh a naoi. Tabharfaidh mise síob go dtí an coláiste duit. Tá gach duine eile imithe le fiche nóiméad.'

Léim Peadar amach ar an urlár agus é fós leath ina chodladh. Chuir sé a chuid éadaigh air go sciobtha. Rith sé síos an staighre go beo. Isteach sa chistin leis. Bhí Máirín ann roimhe agus cupán tae agus dhá phíosa tósta ullamh aici dó.

'Bíodh greim le hithe agat sula n-imeoimid. Tá neart ama againn.'

D'alp Peadar an dá phíosa tósta agus shlog sé siar an cupán tae, rug ar a mhála agus amach an doras leis ar nós na gaoithe.

Bhí rang spéisiúil acu ar maidin. 'Ullmhú don Tóraíocht Taisce' a bhí scríofa ar an gclár bán ag an múinteoir, Iníon Nic an Bhaird. Bheadh an tóraíocht ar siúl ar an Aoine, an lá leathdhéanach den chúrsa. Bheadh an taisce ceilte áit éigin idir Cladach na bhFiach Mara (Smugglers' Cove) agus maoileann Chnoc na hAbha (Danes' Tunnel). Bhí béal an tolláin faoi thalamh i gCuas an Mhadra Uisce ar Chladach na bhFiach Mara agus lean sé ar feadh leathmhíle suas go dtí an maoileann gar do bharr Chnoc na hAbha.

Bhí cosc ar aon duine iarracht a dhéanamh dul isteach sa tollán mar go raibh cuid de tite isteach le blianta fada. Chomh maith leis sin théadh uisce na farraige chomh fada suas le Cnocán an Éin agus dá mbeadh duine istigh ann bháfaí é cinnte.

Thabharfaí an mapa agus na treoracha dóibh maidin Dé hAoine agus bheidís roinnte ina bpéirí. Thabharfaí leideanna dóibh chomh maith.

Bhí Peadar faoi gheasa ag an rud ar fad.

Buíochas le Dia, séideadh an t-achrann ar fad a bhí aige lena mháthair an lá roimhe sin glan amach as a aigne.

Ag am sosa ghlaoigh sé Bláthnaid i leataobh.

'Cogar, a Bhláthnaid, an dtiocfaidh tú liom ag spaisteoireacht thart faoi Smugglers' Cove anocht?'

'Anocht? Cén t-am anocht?'

'In ionad dul chuig an céilí rachaimid go dtí Smugglers' Cove. Cad a cheapann tú?'

'Ach beidh a fhios ag an Ardmháistir agus tógfaidh sé raic má thugann sé faoi deara go bhfuilimid as láthair ón gcéilí, a Pheadair.'

Rinne Peadar gáire íseal.

'Ní bheidh sé ann anocht, a Bhláthnaid. An cuimhin leat go ndúirt sé linn ar an Satharn go mbeadh sé ag imeacht go Gaillimh ar an Luan chun freastal ar cheolchoirm de chuid na *Sawdoctors*. Dá bhrí sin ba chóir dúinn an deis a thapú agus dul ag spaisteoireacht dúinn féin anocht. Seo an rud a dhéanfaimid. Fágfaimid an teach lóistín ag a ceathrú tar éis a seacht mar is gnáth ach ní rachaimid go dtí an céilí an babhta seo. Rachaimid Bóithrín na Trá agus ar aghaidh linn go dtí Smugglers' Cove agus déanfaimid roinnt póirseála ansin. Nuair a bheimid críochnaithe fillfimid ar an teach lóistín arís. Ní bheidh aon duine a dhath níos eolaí faoin scéal.'

'Á, tuigim anois! "Nuair a bhíonn an cat amuigh bíonn na lucha ag rince," mar a deir an seanfhocal. Má chloiseann an tArdmháistir gaoth an fhocail fiú beimid i gcruachás.'

'Ní baol dúinn, a Bhláthnaid. Beidh sos againn ón gcéilí. Mar a deir seanfhocal eile "Is geall le sos malairt oibre!"'

11. Bleachtairí críochnaithe iad Peadar agus Bláthnaid

In ionad dul díreach i dtreo an choláiste, chas Peadar agus Bláthnaid ar dheis ag an gcrosaire agus seo leo síos Bóithrín na Trá.

Ar an mbealach síos chuir Peadar ceist ar Bhláthnaid.

'An mbíonn do thuismitheoirí ag achrann is ag bruíon riamh?'

Bhí sé soiléir gur bhain an cheist geit as Bláthnaid. Dhearg sí.

'Sin ceist aisteach, a Pheadair. Bíonn easaontas eatarthu ó am go chéile ceart go leor. Is cuimhin liom go raibh siad ag achrann oíche amháin nuair nach raibh mo dhaid sásta fanacht istigh le Mam. D'imigh sé amach go dtí rásaí na gcon lena chairde agus níor labhair an bheirt acu ar feadh seachtaine ina dhiaidh sin. B'in trí bliana ó shin. Ní cuimhin liom aon achrann eatarthu ó shin. Anois, mo dheartháir mór, Louis, bhuel sin scéal eile. Bíonn sé féin agus mo dhaid ag bruíon an t-am ar fad. Cén fáth ar chuir tú an cheist sin orm?'

D'inis sé eachtra an tráthnóna roimhe sin ina hiomláine di. D'éist sí go cúramach leis agus nuair a bhí deireadh ráite aige labhair sí go caoin, cneasta leis.

'Ná bí ródhian ar do mham, a Pheadair. Tarlaíonn rudaí do dhaoine fásta díreach mar a tharlaíonn siad do dhaoine óga. Níl aon duine againn foirfe. Rinne sí botún. Díreach mar a rinne ár gcairde Dónall agus Franciszka botún oíche na cóisire. Ní féidir an milleán a chur ar gach duine a dhéanann botún. Ba mhinic a rinne mé féin botún ach bhí mo thuismitheoirí ann i gcónaí chun tacú liom.'

'Ach ní dhearna siad aon rud cosúil leis an rud a rinne mo mham.'

'A Pheadair, lig di. Tá an t-ádh ort go bhfuil do thuismitheoirí le chéile. Tá tuismitheoirí Dhónaill scartha óna chéile le bliain anuas. Tá fadhb drugaí ag Louis, mo dheartháir mór. Bíonn fadhbanna ag gach duine. Ní tusa an t-aon duine amháin a bhfuil fadhbanna aige.'

Chuir a cuid cainte ardú meanman ar Pheadar. Ba mhór an faoiseamh aigne dó é sin. Amhail agus gur baineadh ualach de. Bhraith sé i bhfad níos fearr ós rud é go raibh a rún roinnte aige ar dhuine eile. Chuir sé an rud go léir ar chúl a chinn agus dhírigh sé a aigne ar an dúshlán a bhí rompu.

Bhí sceitimíní áthais orthu nuair a shroich siad Cladach na bhFiach Mara.

Ar ámharaí an tsaoil, bhí an taoide imithe amach agus bhí ar a gcumas a mbealach a dhéanamh gan stró ar bith go dtí Cuas an Mhadra Uisce, áit a raibh béal an tolláin le feiceáil go soiléir.

'Rachaimid isteach ann!' arsa Peadar go gliondrach.

'Isteach san áit dhorcha sin? An as do mheabhair atá tú, a Pheadair? Tiocfaidh an taoide isteach agus báfar sinn. Nílimse ag dul isteach ansin.'

Thóg Peadar tóirse as a mhála droma. D'fhéach sé ar Bhláthnaid go mífhoighneach.

'Á, a Bhláthnaid, nach bhfuil dúil ar bith san eachtraíocht ionat? Ní bheidh an taoide istigh go ceann i bhfad. Tá tóirse agam agus is féidir linn casadh timpeall am ar bith. Ar aon nós tá seans maith ann nach mbeimid ábalta dul rófhada mar go ndeirtear go bhfuil an tollán tite isteach.'

Bhí cuma imníoch fós ar Bhláthnaid.

'Nílim cinnte.'

'Déanfaidh mé margadh leat. Rachaimid isteach anois agus is cuma cén áit ina mbeimid ag a ceathrú chun a naoi casfaimid timpeall. An bhfuil sé sin sásúil?'

'Tá...tá, is dócha....'

'Ar aghaidh linn más ea. Caithfimid deifriú.'

Seo leis an mbeirt acu isteach sa tollán. Ní rófhada a bhí siad imithe nuair a d'éirigh sé chomh dorcha le pic agus bhí ar Pheadar an tóirse a lasadh. Lean siad orthu agus de réir mar a bhí siad ag dul ar aghaidh bhí an tollán timpeall orthu ag éirí ní ba chúinge agus ní b'fhuaire.

Bhí eagla ag teacht ar Bhláthnaid.

'Ba cheart dúinn casadh timpeall anois agus dul ar ais,' ar sise. 'Ní theastaíonn uaim dul níos faide.'

D'fhéach Peadar ar a uaireadóir. Ní raibh sé ach fiche cúig

tar éis a hocht.

'Deich nóiméad eile,' ar seisean. 'Mura leathnaíonn an tollán romhainn i gceann deich nóiméad eile casfaimid timpeall agus rachaimid ar ais. *Ok?*'

Níor fhreagair Bláthnaid ach b'ionann an tost sin agus leanúint ar aghaidh, dar le Peadar.

Lean siad orthu. Cé go raibh an tollán fós dorcha, cúng agus fuar agus go raibh orthu cromadh agus dul ar a gcorraghiob agus lámhacán a dhéanamh, fós féin bhí ionadh orthu go raibh sé réasúnta éasca a mbealach a dhéanamh tríd.

'Tá sé in am dúinn casadh anois,' arsa Bláthnaid agus rian na heagla le tabhairt faoi deara ina guth.

D'fhéach Peadar ar a uaireadóir arís. Bhí sé fiche chun a naoi. Bhí fonn air leanúint ar aghaidh ach ag an am céanna bhí drogall air níos mó eagla a chur ar Bhláthnaid. Rinne sé amach nach raibh fágtha ach píosa beag eile agus bheadh deireadh an tolláin sroichte acu agus bheidís thuas ar bharr Chnoc na hAbha.

Mhúch sé an tóirse. Lig Bláthnaid scread uafáis aisti.

'Cén fáth go ndearna tú é sin?' ar sise i nglór imeaglach.

'Cheap mé gur chuala mé guthanna daonna.'

'Tá tú as do mheabhair! Nach ndúirt mé leat casadh timpeall? Las an tóirse sin, in ainm D….'

Sula raibh deis aici an abairt a chríochnú, baineadh geit uafásach as an mbeirt acu. Leath an dá shúil ar Pheadar, a bhí chun tosaigh.

I bhfad uathu thuas sa tollán bhí guthanna le cloisteáil agus soilse tóirsí ag déanamh orthu tríd an dorchadas.

12. Teitheadh ar son a n-anama

Ar feadh soicind nó dhó, níor bhog ceachtar den bheirt acu. Ansin chas siad timpeall agus as go brách leo ar ais an bealach a tháinig siad. Rith an smaoineamh céanna leis an mbeirt acu ach ba í Bláthnaid ba thúisce a labhair.

'Má tá a gcuid soilse feicthe againne tá ár solas féin feicthe acusan!'

D'aontaigh Peadar léi.

'Ní mór dúinn deifriú,' ar seisean agus gearranáil air, 'ach táimid go mór chun tosaigh orthu.'

D'fhéach Bláthnaid taobh thiar di.

'Ceapaim go bhfuil siad ag teacht suas linn,' ar sise de ghuth eaglach imníoch.

Dhearc Peadar taobh thiar de go sciobtha. Bhí an ceart aici. Bhí sé den tuairim go raibh na soilse taobh thiar díobh sa tollán níos soiléire faoin am seo, iad ag léim agus ag preabadh amhail teach solais soghluaiste.

Choinnigh siad orthu ag imeacht chomh tapa agus ab fhéidir leo, a gcinn cromtha acu agus an imeagla á dtiomáint, Peadar chun tosaigh agus Bláthnaid go te ar a shála.

Go tobann, lig Bláthnaid scread ghéar aisti.

D'iompaigh Peadar timpeall agus d'fhiafraigh di cad a bhí cearr léi.

'Bhuail mé mo ghlúin ar chloch ghéar atá ag gobadh amach as taobh an tolláin. Ceapaim go bhfuil sé ag cur fola go fras.'

Shoilsigh sé an tóirse ar a glúin. Bhí an ceart aici. Bhain gortú gránna di agus bhí sé ag cur fola go tréan.

Ar ámharaí an tsaoil, bhí ciarsúr póca ag Dónall. Thug sé di é agus chuimil sí an chréacht leis.

'Beidh mé ceart go leor anois,' ar sise, 'anois déan deifir nó béarfar orainn.'

Lean siad orthu amhail agus go raibh gach cú as ifreann ina ndiaidh, Peadar chun tosaigh agus Bláthnaid ina dhiaidh aniar agus í ag tarraingt a coise ina diaidh go pianmhar.

Níorbh fhada go bhfaca siad an tollán ag gealadh rompu amach. Thuig siad go raibh ceann scríbe bainte amach acu.

Nuair a tháinig siad amach as béal an tolláin, baineadh preab as Peadar.

Bhí an ceart ar fad ag Bláthnaid.

Bhí an taoide ag líonadh go sciobtha agus í i bhfoisceacht slaite de bhéal an tolláin.

Bhí an t-ádh dearg orthu. Dá mba rud é gur lean siad orthu ar feadh tamaill eile sular chas siad timpeall nó dá mba rud é gur mhoillligh siad sa tollán, bheadh beirthe orthu ag an taoide.

Bheadh a bport seinnte!

Ach sula raibh an deis acu a thuilleadh machnaimh a dhéanamh ar na cúrsaí seo chuala siad guthanna ag druidim le béal an tolláin.

Seo leo de rith te reatha agus chuaigh siad i bhfolach taobh thiar de thor aitinn a bhí achar maith thuas ar thaobh na haille.

13. An pictiúr ag éirí níos soiléire

Tháinig ceathrar fear as béal an tolláin. Chúb Peadar agus Bláthnaid chucu féin laistiar den tor aitinn ar eagla go bhfeicfí iad. Thug siad faoi deara go raibh tóirsí móra ag triúr de na fir agus go raibh meaisínghunna crochta timpeall a mhuineál ag an gceathrú duine.

'Cá bhfuil siad imithe?' a d'fhiafraigh duine de na fir dá chompánaigh.

'Níl tuairim dá laghad agamsa,' a d'fhreagair duine eile acu, 'agus is róchuma liom.'

Bhreathnaigh an ceathrar acu trasna an chladaigh ach ní raibh duine ná deoraí le feiceáil acu ar an gcladach.

'Buachaillí na háite ag póirseáil thart,' arsa an fear leis an meaisínghunna. 'Ní bheinn róbhuartha ina dtaobh. Ach cá bhfuil ár mbád?'

D'fhéach siad amach i dtreo na farraige.

Rinne Peadar agus Bláthnaid an rud céanna. Ní raibh tada le feiceáil . . . fan . . . chonaic siad spota bídeach dubh i bhfad uathu amuigh agus bhí an spota beag ag dul i méid de réir a chéile.

Laistigh de dheich nóiméad bhí sé soiléir go raibh soitheach ag teacht i dtreo an chladaigh. Agus é ag druidim i raon radhairc an tolláin bhí sé soiléir gur luamh mór bán a bhí ann agus fir ina seasamh ar an deic.

Mhoilligh sé ansin agus stop. Ligeadh amach ancaire agus ansin ligeadh síos punta beag ar an bhfarraige agus triúr istigh ann. Thosaigh an punta ag teacht go sciobtha i dtreo an chladaigh.

A luaithe agus a shroich sé an cladach léim an triúr acu amach as agus tharraing suas an punta go dtí béal an tolláin, nach mór.

Chroith siad lámha leis an gceathrar a bhí ina seasamh ansin rompu. Ansin, thosaigh comhrá eatarthu.

Thuas ar thaobh na haille, laistiar den tor aitinn,

d'fhéadfadh Peadar agus Bláthnaid éirim an chomhrá sin a chloisteáil.

'Tá an lasta drugaí réidh le dílódáil…anocht? Cén t-am?'

'Ar bhuille an mheán oíche tá beirt eile ag teacht chun cuidiú linn iad a iompar suas tríd an tollán go dtí maoileann Chnoc na hAbha. Beidh péire Range Rover ansin chun iad a iompar go Corcaigh. Cé mhéad beart?'

'Deich gcinn. Dúradh liom go raibh daoine istigh sa tollán. Conas a tharla sé sin? Cá ndeachaigh siad?'

'Nílimid cinnte…trasna an chladaigh, is dócha. Gasúir na háite, ní gá a bheith buartha.'

'A leithéid de raiméis!' a d'fhreagair duine den triúr, fear mór ramhar, de ghuth ard, feargach, 'má bheirtear orainn nó má fhaigheann na Gardaí gaoth an fhocail beidh ár bport seinnte. An ndearna sibh iarracht ar bith dul sa tóir orthu?'

'Bhuel…bhuel…nuair nach bhfacamar aon duine ar an gcladach.'

'Níl ionaibhse ach amadáin gan mhaith!' arsa an fear mór ramhar, 'beidh an *boss* ar buile libh agus nuair a bhíonn an *boss* ar buile leat, bíonn tú i dtrioblóid mhór. Cathain a chasfaidh an taoide?'

'I gceann cúig nóiméad déag nó mar sin, ceapaim.'

'Tá sin go hiontach. Beidh trá mhór fhairsing ann nuair a thiocfaidh meán oíche. Beimid in ann an lasta a thabhairt isteach sa bháidín calaidh atá istigh sa luamh againn gan aon stró.'

'Tá gach rud réidh mar sin?' arsa duine den cheathrar.

We have to we must
'Ní mór dúinne dul amach anois agus cuirfimid glao oraibhse ag a leath i ndiaidh a haon déag. An bhfuil sé sin ceart go…?'

Peadars phone
Sula raibh deis aige an abairt a chríochnú bhuail fón *rang* Pheadair i bpóca a sheaicéid agus d'iompaigh gach duine *turned* *in the directio* den seachtar a n-aghaidh i dtreo na haille.

14. Cinneadh tapa ag Peadar

Laistiar den tor aitinn ba bheag nár léim Peadar agus
Bláthnaid as a gcraiceann leis an ngeit a baineadh astu.
Chrom siad ar eagla go bhfeicfí iad. Thug Peadar
sracfhéachaint fhaiteach amháin uaidh trí bhearna bheag
a bhí sa tor aitinn agus chonaic sé go raibh na fir a bhí
thíos ar an trá ag scaipeadh óna chéile agus ag tosú ag
dreapadh ar thaobh na haille.

Smaoinigh Peadar go tapa.

D'fhéach sé ar a ghuthán a mhúch sé chomh sciobtha sin
nóiméad roimhe sin. D'fhéach sé ar an uimhir a tháinig
suas. Uimhir a mháthar a bhí inti…Ní fheadar cad chuige
a bheadh sise ag glaoch air?

Rinne sé cinneadh ar an toirt.

Chaith sé uaidh an fón póca trasna an ghóilín go dtí an
taobh thall den aill. Bhí an taobh sin clúdaithe le
raithneach agus thit an fón isteach sa phaiste ba dhlúithe
den raithneach sin. D'fhéach Bláthnaid air agus ionadh
agus alltacht uirthi.

'Cad atá déanta agat?' a d'fhiafraigh sí de ghuth
sceimhlithe íseal.

Níor thug Peadar aon fhreagra uirthi.

D'fhéach sé tríd an mbearna sa tor aitinn arís. Bhí na fir
ag déanamh orthu go gasta.

Ní raibh nóiméad amháin le spáráil.

Bheadh air rud éigin a dhéanamh láithreach bonn nó
bheadh a bport seinnte ar fad.

'Tabhair dom do ghuthán,' ar seisean le Bláthnaid.

'Ní thuigim,' arsa Bláthnaid de ghuth fann. Shín sí a
guthán chuige mar sin féin. Shnap sé uaithi é agus
dhiailigh uimhir. Chuir sé lena chluas é ansin.

Trasna an ghóilín uathu, i measc na raithní, d'fhéadfaidís
guthán ag bualadh a chloisteáil go soiléir. Lean sé ar

aghaidh ag bualadh agus ag bualadh agus ag bualadh ar feadh i bhfad.

Stop na fir a bhí ag déanamh orthu mar a raibh acu.

Bhailigh siad go léir le chéile agus cad é mar chaint agus screadach a bhí ar siúl acu. Bhí siad faoi urchar méaróige den tor aitinn ina raibh Peadar agus Bláthnaid ceilte taobh thiar de faoin am seo. Seo iad anois ag croitheadh a gceann agus ag síneadh a méar i dtreo an phaiste raithní a bhí trasna an ghóilín uathu.

'Caithfidh go bhfuil siad, na daoine a bhí romhainn sa tollán, i bhfolach thall ansin fós?' arsa duine de na fir.

'Tá siad sáinnithe thall ansin. Ní bheidh siad in ann an áit a fhágáil mar go bhfuil an aill róghéar chun í a dhreapadh agus beidh taoide sa ghóilín go dtí go dtiocfaidh lagtrá.' arsa duine eile.

'Cad a dhéanfaimid anois?' arsa duine eile fós.

'Rachaimid amach go dtí an bád agus fanfaimid ann. Coinneoimid súil ghéar amuigh agus má fheicimid aon ghníomhaíocht ar siúl idir seo agus meán oíche imeoimid chun na Spáinne.'

They turned

D'iompaigh siad go léir ar a sála agus seo leo anuas le fána na haille faoi dheifir mhór. Nuair a shroich siad an cladach an athuair chuir an triúr a tháinig i dtír an punta ar snámh arís, bhordáil é agus thosaigh ag dul amach i dtreo an luaimh mhóir bháin.

D'fhan an ceathrar a bhí fágtha mar a raibh acu ar feadh tamaillín. Shuigh siad taobh thiar de charraig mhór agus ní fhéadfadh Peadar nó Bláthnaid iad a fheiceáil a thuilleadh.

Bhí orthu cinneadh a dhéanamh: fanacht mar a raibh acu nó a mbealach a dhéanamh ar ais go Bóithrín na Trá. *to wait or go.*

D'fhéadfaidís é sin a dhéanamh ach bheadh orthu é a dhéanamh go ciúin, discréideach.

Nuair a tuigeadh dóibh go raibh an ceathrar socraithe síos san áit ina raibh siad agus gal deataigh ag éirí aníos thar bharr na carraige móire, d'fhág siad dídean an toir aitinn agus rinne a mbealach anuas an aill ar a mbarraicíní go dtí an cladach. *on their toes.*

Rinne siad a mbealach go sciobtha ansin sa leathdhorchadas, cromtha anuas chun iad féin a cheilt, trasna barr an chladaigh go dtí gur shroich siad bun Bhóithrín na Trá.

D'fhéach siad timpeall orthu agus bhí sé soiléir nár thug aon duine faoi deara iad. Bhí an ceathrar fós laistiar den charraig agus d'fhéadfaidís a nguthanna a chloisteáil go soiléir sa chiúnas tostach.

Seo leo ansin ar cosa in airde aníos an bóithrín i dtreo an bhóthair mhóir.

15. Cara sa chúirt í Máirín

Nuair a bhain siad an bóthar mór amach, rinne siad cinneadh dul caol díreach go dtí an teach lóistín. D'fhéach Peadar ar a uaireadóir. Bhí sé a deich i ndiaidh a deich. Bheadh an céilí thart faoin am seo agus bheadh gach duine ag filleadh ar na tithe lóistín don oíche sula i bhfad. Bhí sé trína chéile mar nach raibh a ghuthán póca aige agus ba bheag seans a bhí ann go bhfaigheadh sé ar ais arís é.

D'éist Bláthnaid leis ag clamhsán os ard. Leag sí lámh ar a ghualainn agus labhair sí go ceanúil leis.

'Ná bí buartha faoin bhfón sin, a Pheadair. Tá dhá cheann agamsa. Tá an ceann eile thiar sa teach lóistín agam. Tá €8.50 de chreidmheas fágtha ann. Is leatsa é más maith leat.'

D'fhéach Peadar sna súile uirthi. Cailín álainn a bhí inti.

Mhothaigh sé go raibh sé ag titim i ngrá léi.

'Go raibh míle maith agat, a Bhláthnaid. Ní theastaíonn uaim ach glaoch a chur ar mo mham níos déanaí má bhíonn an deis agam. Dála an scéil, ba cheart dúinn glaoch ar na Gardaí anois, nár cheart?'

'Ba cheart. Glaofaidh mise ar 999 anois díreach.'

D'aimsigh sí Stáisiún na nGardaí sa Daingean gan mórán stró. Nuair a tháinig an Sáirsint Ó Tuama ar an líne thug sí an fón do Pheadar agus lig sí dó labhairt leis. Cé go raibh guth údarásach ag an Sáirsint Ó Tuama agus go raibh sé beagáinín amhrasach faoin rud go léir ar dtús, de réir a chéile thosaigh sé ag biorú na gcluas agus ag glacadh go huile is go hiomlán le scéal Pheadair.

'Buailfidh mé libh sa teach lóistín i gceann fiche nóiméad,' ar seisean le Peadar.

Nuair a shroich siad an teach lóistín bhí Máirín ina seasamh sa doras rompu.

'Fáilte romhaibh isteach,' ar sise leo agus gáire mór ar a haghaidh, 'nach sibhse na taiscéalaithe críochnaithe! An céilí *how-are-you*! Chuala mise go ndeachaigh sibh chomh fada le Talamh an Éisc ón uair dheireanach a raibh mé ag caint libh! Ar ndóigh, nílim ach ag magadh! Bhí mé ag labhairt leis an Sáirsint Ó Tuama ar an bhfón ó chianaibh agus dúirt sé liom go mbeidh sé ag teacht anseo aon nóiméad anois.'

Chonaic sí go raibh siad ag féachaint uirthi agus a mbéal ar leathadh acu.

'Ní gá daoibh a bheith buartha, a chréatúirí. Má thagann an tArdmháistir faoi mo dhéin labhróidh mé leis ar bhur son. Fuist! Sin é an scuadcharr inár dtreo, mura bhfuil dul amú orm.'

Ní raibh dearmad ar bith uirthi. Níor thúisce na focail ráite aici ná go raibh an scuadcharr tagtha isteach sa chlós faoi luas lasrach. Stop sé os a gcomhair amach le díoscán na gcoscán. Léim ceathrar amach as agus rith siad i dtreo an dorais. Bhí an Sáirsint Ó Tuama chun tosaigh.

'Peadar agus Bláthnaid? Is mise an Sáirsint Ó Tuama. An bhfuil sibh réidh chun imeachta? Beidh an héileacaptar anseo i gceann trí nóiméad. An raibh ceachtar agaibh in héileacaptar riamh cheana?'

Chroith an bheirt acu a gceann i gcomhar le chéile.

'Bhuel,' ar seisean agus meangadh gáire air, 'ní fada go mbeidh!'

16. Peadar agus Bláthnaid ag eitilt

Bhí ríméad ar Pheadar agus ar Bhláthnaid nuair a chonaic siad an héileacaptar ag tuirlingt ar an bpáirc mhór taobh thiar den teach lóistín. Bhí sruth láidir aeir uaidh agus bhí orthu a gceann a chromadh agus iad ag déanamh air. Lean siad an Sáirsint Ó Tuama trasna na páirce i dtreo an héileacaptair agus dhreap siad isteach ann ina dhiaidh. Níor thúisce istigh iad ná a thosaigh an t-inneall ag neartú agus i gceann nóiméid bhí siad ardaithe suas sa spéir agus ag scinneadh i dtreo na farraige.

Nuair a shroich siad na haillte, chonaic siad Cladach na bhFiach Mara thíos fúthu. Cé go raibh sé dorcha faoin am seo bhí Peadar ábalta an áit ina raibh Cuas an Mhadra Uisce a thaispeáint don Sáirsint Ó Tuama. Bhí an taoide casta faoin am seo agus bhí ar a gcumas béal an tolláin a dhéanamh amach.

85

Ní raibh ar a gcumas duine ná deoraí a fheiceáil.

Lean an héileacaptar amach i dtreo na háite ina raibh an luamh mór bán ar ancaire níos túisce.

There wasn't sight nor lifc) light.

Ní raibh tásc ná tuairisc ar an luamh, áfach.

lights of youcht

Lean siad orthu agus chonaic siad soilse an luaimh thíos fúthu. Bhí sí ag déanamh a bealach amach as an mbá i dtreo na farraige. Bhí sí ag imeacht faoi dheifir freisin. Labhair Peadar.

'Ní bheimid in ann í a stopadh anois.'

Rinne an Sáirsint meangadh gáire.

'Ná bí buartha, a gharsúin! Tá an bád cabhlaigh ag teacht faoi luas lasrach. Féach uirthi thíos ansin,' ar seisean ag síneadh a mhéire i dtreo na loinge móire a bhí ag druidim leis an luamh faoin am seo. Ba gheall le cathair shoilseach shoghluaiste í ag taisteal go tapa ar bharr na dtonn.

Lean an luamh uirthi ag déanamh ar an bhfarraige mhór agus an bád cabhlaigh ina diaidh. Cé go raibh an luamh *moving* ag gluaiseacht go tapa, thug lucht an héileacaptair faoi deara go raibh an bád cabhlaigh ag breith suas léi de réir a chéile.

gradaally

Faoi dheireadh bhí sé taobh léi. Stop an luamh agus laistigh de nóiméad nó dhó bhí gardaí armtha á bordáil. Ón héileacaptar d'fhéadfaidís na fir armtha a fheiceáil agus gunnaí dírithe acu agus lucht an luaimh lena lámha san aer agus iad ar a nglúine ar an deic. Ansin chuir siad glais lámh orthu, agus threoraigh iad ón luamh isteach sa bhád cabhlaigh.

Nuair a bhí sé sin déanta acu, bhog an bád cabhlaigh i dtreo na tíre arís agus lean an luamh í agus oifigeach de chuid an bháid chabhlaigh á stiúradh.

'Murach an bheirt agaibhse bheidís ag ullmhú le haghaidh na ndrugaí a smuigleáil tríd an tollán go dtí a gcairde faoin am seo. Maith sibh!'

Leis sin, thiontaigh an héileacaptar timpeall ag díriú ar an mórthír arís.

An mhaidin dar gcionn ag a naoi a chlog bhí Peadar agus Bláthnaid ina seasamh ag doras an Ardmháistir, Diarmaid de Staic.

Ligeadh isteach iad. Bhí an tArdmháistir ina shuí laistiar de bhord mór agus cuma chrosta go leor ar a aghaidh.

Thug sé comhartha dóibh suí síos agus nuair a bhí siad suite trasna uaidh, d'fhéach sé ó dhuine go duine acu.

'Is scéal casta é seo,' ar seisean leo, 'de réir na rialacha d'fhág sibh limistéar an choláiste gan cead agus ar an ábhar sin ba cheart dom bata agus bóthar a thabhairt daoibh.'

Chroith sé a cheann.

'Rinne sibh rud an-dainséarach nuair a chuaigh sibh suas an tollán sin agus gan é a insint d'aon duine. Rinne sibh gan cead é freisin. Dá mba rud é nach raibh ar bhur gcumas teacht amach as arís, ní bheadh tásc ná tuairisc oraibh go deo agus ní bheadh a fhios ag aon duine cá raibh sibh imithe. An dtuigeann sibh é sin?'

Labhair an bheirt acu d'aon ghuth.

'Tuigimid, a mháistir. Tá brón orainn. Ní tharlóidh sé arís.'

Rinne an t-ardmháistir gáire tur.

'Bí cinnte nach dtarlóidh!' ar seisean.

Ansin tháinig athrú ar a mheon agus labhair sé níos séimhe leo.

'Is réaltaí móra raidió agus nuachtán an bheirt agaibh anois ar aon chaoi agus cé mise chun a bheith ag iarraidh smacht a chur oraibh! Níor stop an fón ag bualadh le huair a chloig! Níl ann ach go dtagann creathán orm nuair a smaoiním ar an mbeirt agaibh istigh sa tollán sin. Bhí an t-ádh dearg oraibh ach ar bhealach eile rinne sibh éacht agus tá buíon smuigléala drugaí briste agaibh. Mar sin féin....'

Ghlan sé a scornach go glórach agus d'fhéach ó dhuine go duine acu go mall, staidéarach.

'Mar sin féin beidh orm pionós a chur oraibh, is baolach. Caithfidh mé litir a scríobh chuig bhur dtuismitheoirí agus ní bheidh cead agaibh freastal ar an gcéilí mór oíche Dé hAoine seo chugainn. Beidh oraibh dul caol díreach abhaile ón gcéilí gach oíche ar feadh na seachtaine agus dul a luí roimh leath i ndiaidh a deich. Táim ag iarraidh oraibh seasamh ag an doras agus ticéid a dhíol ar son Trócaire oíche an chéilí mhóir agus nuair a bheidh an céilí ag tosú beidh oraibh dul abhaile go dtí an teach lóistín. Tá súil agam go dtuigeann sibh nach bhfuil an dara rogha agam sna cúrsaí seo.'

'Tuigimid é sin go maith, a mháistir,' arsa Bláthnaid,

'agus táimid sásta glacadh leis an bpionós. Tá brón orainn faoin rud a rinneamar.'

'An mbeimid ábalta dul ar an tóraíocht taisce ar an Aoine, a mháistir?' arsa Peadar, go neirbhíseach.

'Ó, nílim chun bac a chur oraibh! Beidh cead agaibh dul ar an tóraíocht taisce gan dabht ar bith. Bailígí libh anois amach sa chlós agus bíodh dreas cainte agaibh le bhur gcairde sula dtosaíonn na ranganna.'

17. Imní agus fearg ar mháthair Pheadair

'Cad chuige nár fhreagair tú do ghuthán aréir, a Pheadair?'

Bhí cuma na feirge ar mháthair Pheadair. Níor thug sí deis do Pheadar an cheist a fhreagairt ach lean uirthi. Bhí sé istigh in oifig an Ardmháistir agus guthán an choláiste á fhreagairt aige.

'Bhíomar ite le himní ar feadh na hoíche. B'in an fáth gur ghlaoigh mé ar an gcoláiste ar maidin mar theastaigh uaim labhairt leat. Bhí mé ag labhairt leis an Ardmháistir agus mhínigh sé an scéal ar fad dom. Nuair a dúirt sé liom go raibh tú istigh i dtollán farraige ba bheag nár thit mé i laige. A leithéid! Ach, buíochas le Dia, tháinig sibh slán . . .'

Bhris Peadar isteach uirthi agus thug sé mionsonraí an

scéil di. Mhínigh sé di go raibh air a ghuthán póca a chaitheamh uaidh chun an dallamullóg a chur ar na smuigléirí agus mar sin de. Dúirt sé léi go mbeadh sé féin agus Bláthnaid le cloisint ar Raidió na Gaeltachta ar an gclár 'An Saol ó Dheas' faoi cheann uair an chloig.

'Agus beidh ár ngrianghraif *photograph* ar an *Star* amárach chomh maith, a Mham,' ar seisean le teann laochais.

Ní dheachaigh an méid sin i bhfeidhm rómhór uirthi.

'Is maith an rud é nach iad bhur bhfógraí báis *death notice* a bheidh ann!' ar sise go cáinteach. 'Beidh do dhaid ag bualadh leis an gcomhairleoir leighis maidin Déardaoin.'

'Abair leis go bhfuil mé ag cur a thuairisce. Tá a fhios agam nach dtaitníonn sé leis a bheith ag labhairt ar an nguthán. Tá brón orm a bheith borb leat an lá cheana. Ní raibh sé i gceist agam tú a ghortú.'

'Tá brón ormsa freisin, a Pheadair. Ba cheart go mbeadh an t-eolas sin tugtha duit i bhfad ó shin. Tá súil agam go mbeidh tú ábalta é a mhaitheamh dom. Dúirt mé le do dhaid gur inis mé an scéal duit. Bhain sé sin geit as ar dtús ach ansin dúirt sé liom go ndearna mé an rud ceart. Tá súil agam . . .'

'Ná bí buartha faoi, a Mham. Maithim duit é Anois, caithfidh mise imeacht mar tá an tArdmháistir ag iarraidh an guthán a úsáid. Dála an scéil, feicim go bhfuil mo ghuthán póca ina lámh aige. Caithfidh go bhfuarthas ar maidin é. Cuirfidh mé scairt ort go luath. Slán, a Mham.'

Mhínigh an tArdmháistir dó gurbh iad na gardaí a fuair an guthán nuair a bhí siad ag déanamh iniúchadh thíos ar an trá ar maidin. Chuala siad an guthán ag bualadh agus bhí ar a gcumas an góilín a thrasnú agus é a aimsiú i measc na raithní ar an taobh thall.

'Anois,' ar seisean leo, 'tá Helen Ní Shé anseo ó Raidió na Gaeltachta agus teastaíonn uaithi labhairt libh. Táimse chun gach duine a bhailiú le chéile sa halla ag a deich tar éis a dó dhéag agus beidh sibh go léir ag éisteacht leis 'An Saol ó Dheas' seachas a bheith ag gabháil don cheol ar maidin!'

18. Dea–scéala ag Mam do Pheadar

Bhí lúcháir air nuair a fuair sé an dea-scéala óna mham i dtaobh a dhaid ar an Déardaoin. Cé go raibh droch-chaoi ar a dhroim agus go dtógfadh sé trí mhí ar a laghad sula dtiocfadh biseach air, bhí na tástálacha fola glan. [blood test]

[Free from danger]
Bhí sé slán ó bhaol.

'Abair le Daid go bhfuilim ag tnúth go mór le hé a fheiceáil arís,' arsa Peadar agus sceitimíní áthais air.

'Agus tá sé ag tnúth go mór leatsa a bheith ag teacht abhaile freisin. Cé go bhfuil sé mall ag siúl agus go bhfuil sé an-righin, fós féin braithim go bhfuil feabhas ag teacht air de réir a chéile. [gradually] Tá áthas an domhain air a bheith ar ais sa bhaile. Bhí sé ag ceapadh go mbeadh sé ag dul chuig an ospidéal. Tá dea-aoibh air. Ní baol dó!'

'Agus cad a cheap sé faoi mo chuid éachtaí, a Mham?'

'Bhuel, ní dúirt sé mórán ach níor chuala mé é ag clamhsán ar aon chaoi. Nuair a mhínigh mé an scéal dó bhí sé bródúil asat, mura bhfuil dearmad orm. Ach cosúil liom féin nuair a smaoinigh sé ar an mbeirt agaibh istigh sa tollán sin bhris fuarallas tríd amach. Bhí mé ag éisteacht libh ar an raidió inné. Tá feabhas mór tagtha ar do chuid Gaeilge, a Pheadair.'

'An gceapann tú? Go raibh maith agat. Abair le Daid go gcuirfidh mé glao air maidin amárach sula rachaidh mé ar an tóraíocht.'

'Déanfaidh mé é sin. Ba bhreá leis labhairt leat.'

Bhraith Peadar amhail is go raibh ualach bainte de, amhail is go raibh saoirse de chineál éigin faighte aige.

Nuair a luaigh sé le Bláthnaid, Dónall agus Franciszka go raibh a dhaid ar fónamh arís, bhí siad an-sásta ar a shon.

Bheadh an ceathrar acu le chéile mar fhoireann don tóraíocht taisce an lá dar gcionn. Rinne siad iarracht an post mar chaptaen na foirne a bhrú ar Bhláthnaid ach ar ór ná ar airgead ní raibh sí sásta glacadh leis.

'Tá an iomad cainte fúmsa le roinnt laethanta anuas,' ar sise. 'Ní theastaíonn a thuilleadh poiblíochta uaim. Níl uaim anois ach saol ciúin!'

'Mise mar an gcéanna,' arsa Peadar. 'Ba mhaith liom sult a bhaint as an lá agus na cinntí móra a fhágáil faoi Dhónall agus Franciszka. Tá ár sáith de phoiblíocht faighte agamsa agus ag Bláthnaid faoin am seo. Níl uaimse ach saol ciúin freisin.'

Roghnaíodh Dónall mar chaptaen ar an bhfoireann agus bhí sé breá sásta glacadh leis.

'Fuair mise an DVD de *Bad Teacher* ó mo dheartháir ar an Domhnach,' arsa Franciszka. 'An mbeadh suim agaibhse féachaint air anocht. Fuair mé cead ó Mháirín.'

'Chonaic mise sa phictiúrlann é cheana,' arsa Dónall, 'ach ba bhreá liom é a fheiceáil arís. Tá sé an-ghreannmhar ar fad.'

'Tá sé sin socraithe mar sin,' arsa Franciszka.

'Fágfaimid faoi na réaltaí raidió agus nuachtán an grán rósta agus an flas candaí a cheannach dúinn!,' arsa Dónall go magúil agus phléasc an ceathrar acu amach ag gáire.

19. An tóraíocht taisce faoi dheireadh thiar thall

Lá aoibhinn ba ea an Aoine. Bhí an ghrian ag scoilteadh na gcloch agus bhí cuma álainn ar na cnoic agus na sléibhte. Bhí an fharraige ina pána gloine agus ní raibh puth gaoithe ag séideadh. Mar an gcéanna, bhí cuma ghealgháireach mheidhreach ar na scoláirí agus iad ag déanamh ar an gcoláiste ar na rothair nó de shiúl na gcos. Ní bheadh aon ranganna Gaeilge acu ar maidin ná ní bheadh rang ceoil acu ach an oiread.

Bhí teacht le chéile acu sa halla ag leathuair i ndiaidh a deich. Deimhníodh na foirne agus tugadh mapa agus leathanach leideanna do gach duine de na captaein foirne. Nuair a bhí sé sin déanta rinne siad go léir a mbealach síos go dtí Cladach na bhFiach Mara nó Smugglers' Cove.

Cuireadh comhairle orthu ansin fanacht le chéile agus ar ór nó ar airgead gan dul in aice na n-aillte.

'Ná téigí isteach sa tollán seo os bhur gcomhair amach!' arsa an tArdmháistir go searbhasach. Scairt gach duine amach ag gáire agus d'fhéach siad i dtreo Pheadair agus Bhláthnaid.

Ag leathuair i ndiaidh a haon déag scaoileadh chun siúil iad.

Thug an tóraíocht ar fud an cheantair ar fad iad, geall leis. Bhí comharthaí agus leideanna ceilte ar fud an bhealaigh agus bhí orthu a bheith ag faire amach dóibh siúd.

Chomh maith leis sin bhí ar gach foireann bualadh isteach i dteach faoi leith sa cheantar agus ceisteanna a chur ar mhuintir an tí agus mar sin de.

Bhuail Peadar, Bláthnaid, Dónall agus Franciszka isteach i dteach Uí Mhurchú sa Ghleann agus d'fhiafraigh siad den seanfhear sa chúinne cén bhrí a bhí le 'Lios na Caolbhaí'. Ba é an freagra a thug sé ar an gceist ná: 'ciallaíonn 'Lios na Caolbhaí' áit ina mbíodh na síoga ina gcónaí tráth agus bhíodh 'caolach' nó 'líon na mban sí', is é sin *fairy-flax* i mBéarla, nó *linum silvestre* faoina ainm Laidine, ag fás ann. Nuair a bhí mé óg chuaigh mo chairde agus mé féin isteach sa lios tráthnóna amháin.'

'Agus an bhfaca sibh sióg ar bith istigh ann?' a d'fhiafraigh Dónall den seanfhear agus é gafa go huile is go hiomlán lena raibh á rá aige.

'Ní fhacamar, mhuis, ná sióg, a bhuachaill, ach chualamar ceol álainn binn neamhshaolta.'

'Agus cé a bhí ag seinm an cheoil?' d'fhiafraigh Franciszka de.

'Arbh é "Port na bPúcaí" a bhí á sheinm acu?' arsa Dónall agus a dhá shúil ag leathadh le hiontas.

Bhí suim mhór ag Dónall agus ag Franciszka sa cheol Gaelach agus bhí ar a gcumas uirlisí ceoil a sheinm.

'Níl a fhios agam, a scoláirí. Chonaiceamar go raibh brocais ag sionnach istigh ann agus theitheamar as an áit nuair a thosaigh an sionnach baineann ag nochtadh a cuid fiacla linn. Bhíomar sceimhlithe inár mbeatha agus ní dheachamar i bhfogas don áit riamh ina dhiaidh sin.'

Nuair a d'fhág siad an teach sin bhí Dónall mar a bheadh sé faoi gheasa.

'Ba bhreá liom seachtain iomlán a chaitheamh i dteannta an tseanfhir sin. Cheap mé go raibh sé thar a bheith suimiúil agus an t-eolas go léir atá aige i dtaobh an cheantair, tá sé dochreidte, nach bhfuil?'

D'aontaigh siad leis.

Ar aghaidh leo. Bhí an lá go hálainn agus bhí an ceantar ar fad go haoibhinn dá bharr. Nuair a thug siad aghaidh ar na cnoic thug siad suntas don bhfraoch agus don aiteann agus do na dathanna áille a bhí orthu.

Bhí Peadar ar a sháimhín só. B'fhada ó mhothaigh sé chomh sona, suaimhneach, neamhbhuartha agus a mhothaigh sé an nóiméad sin. Cé gur thuig sé go raibh a sheal sa Ghaeltacht geall le bheith críochnaithe, fós féin bhraith sé gur tréimhse aoibhinn álainn a bhí inti. Tharla an-chuid rudaí dó le linn na tréimhse sin ach an rud ba thábhachtaí ná gur fhoghlaim sé an t-uafás as an eispéireas. Rinne sé rún ina aigne féin go bhfillfeadh sé arís luath nó mall.

Bhí an eachtra i dtaobh a mham glanta amach as a aigne aige. Bhí sé soiléir gur fhulaing sí an t-uafás de bharr an bhotúin a rinne sí. Sheas a athair an fód léi agus cad chuige nach ndéanfadh Peadar an rud céanna. Tar éis an tsaoil bhí an bheirt acu fós i dteannta a chéile agus ní raibh aon chuma ar an scéal go raibh sé i gceist acu scaradh óna chéile go luath.

Rinne sé rún go ndéanfadh sé iarracht tosú as an nua agus caidreamh níos fearr a chothú lena dhaid. Rachadh sé chuig cluichí rugbaí i *Cork Con* ina theannta. Mhúinfeadh sé dó conas dul ar *Skype*, rud a gheall sé a dhéanfadh sé bliain roimhe sin ach nach ndearna sé fós dó.

Bhí Dónall agus Franciszka ag imeacht rompu, cíocras orthu chun a bheith chun tosaigh ar gach duine eile. Bhí ar Pheadar agus Bláthnaid deifriú chun teacht suas leo.

Bhí an mapa agus an leathanach leideanna ina lámh ag Peadar agus seo leis os ard:

'"Ag Strapa na nGabhar cloisfidh tú ceol sí ar an ngaoth mura bhfuil tú bodhar" – an dtuigeann aon duine agaibh cad atá i gceist leis an seanchas sin?'

Ní raibh tuairim ag aon duine.

'B'fhéidir go bhfuil ceangal idir an taisce agus an ceol?' arsa Bláthnaid.

'Táim cinnte go bhfuil an ceart agat sa mhéid sin,' arsa Franciszka.

Lean siad orthu.

Nuair a shroich siad Más an Tiompáin – an pointe ab airde sa cheantar – bhí sé i gceist acu suí síos agus sos a ghlacadh.

Ach ní raibh sé i gceist ag Dónall sos ar bith a ghlacadh!

'Táimid chun tosaigh ar gach duine eile ag an bpointe seo,' ar seisean, 'agus braithim go bhfuilimid an-ghar don taisce anois. Ní féidir linn moill a dhéanamh.'

Thóg sé an leathanach leideanna arís agus seo leis ag léamh os ard:

'"Ag Más an Tiompáin bí ag faire amach do na ceannbháin" – an bhfuil a fhios ag aon duine cad is brí le "ceannbhán"? An bhfuil aon duine in ann é a fháil ar a ghuthán póca?'

'Tá focal.ie agamsa ar m'fhón póca,' arsa Bláthnaid.

Seo léi ar a thóir ar a guthán agus nuair a d'aimsigh sí é dúirt sí:

'Is planda atá i gceist. Ciallaíonn sé *cotton grass*.'

Sula raibh deis aici an abairt a chríochnú, ghearr

Franciszka isteach uirthi.

'Tá a fhios agam cad atá ann. Ciallaíonn sé *bog cotton,* planda nó bláth bán a fhásann ar an bportach. Tá an planda céanna againn sa Pholainn. Dála an scéil is é *moczarowy* an focal Polski do phortach agus *welnianka* an focal do *cotton grass* as Polski. Caithfidh go bhfuil *moczarowy* in áit éigin anseo.'

Scaip siad agus thosaigh siad ag lorg an phortaigh. Ní raibh siad scaipthe óna chéile nuair a chuala siad Dónall ag ligean screada. Seo leo ina threo agus siúráilte bhí portach beag ceilte ó radharc na súl ar thaobh an chnoic.

Bhí neart ceannbhán ag fás ar bharr an phortaigh.

Seo leo agus fuadar fúthu ag breathnú faoi gach planda díobh féachaint an raibh an taisce ceilte ann.

Ní rófhada a bhí siad ag tóraíocht nuair a lig Dónall scread ghéar, ard a chloisfí sa Domhan Thoir.

'Tá sí agam! Tá sí agam!'

Rith siad go léir ina threo agus bhí sé ar a ghlúine ar bharr an phortaigh, cromtha anuas os cionn ceannbháin mhóir.

Bhí bosca faoin gceannbhán agus nóta greamaithe de. Léigh sé amach a raibh scríofa ar an nóta.

'Comhghairdeas! D'éirigh leat an taisce a aimsiú. Mo cheol thú!'

D'oscail sé an bosca agus sceitimíní áthais air. Nuair a chonaic sé cad a bhí istigh ann, bhéic sé le háthas.

Bodhrán breá nua a bhí ann.

Bhí áthas ar an triúr eile gurbh é Dónall an duine a tháinig air mar gurbh é an t-aon duine den cheathrar a bhí in ann an uirlis áirithe sin a sheinm. Bhí ar chumas Franciszka an fheadóg stáin agus an fhidil a sheinm. Maidir le Peadar agus Bláthnaid, cé go raibh suim mhór ag an mbeirt acu sa cheol, ní raibh ar a gcumas uirlis cheoil a sheinm.

An rud ba thábhachtaí ná gur éirigh leo an taisce a aimsiú roimh gach duine eile.

Shuigh siad síos ar bharr an phortaigh agus d'ith siad na ceapairí a thug siad leo agus d'ól siad cannaí *Coca-Cola* mar bhí siad spallta leis an tart.

De réir a chéile thosaigh na foirne eile ag teacht agus na

múinteoirí ina ndiaidh aniar. Fuair foireann Dhónaill bualadh bos ó gach duine agus ardmholadh ó na múinteoirí. Bhronnfaí corn ar an bhfoireann a bhuaigh, roimh an gcéilí an oíche sin.

20. Deora, póga agus slán abhaile

Tagann deireadh le gach rud.

Dhúisigh Peadar go luath an mhaidin sin. Nuair a rith sé leis go mbeadh sé ag dul abhaile ag meán lae, bhí tocht ina scornach ar feadh nóiméid nó dhó. Ach ansin nuair a smaoinigh sé go mbeadh sé ag bualadh lena thuismitheoirí agus lena dhaid ach go háirithe, d'imigh an tocht sin.

An chéad rud a rinne sé ná gur ghlaoigh sé ar a dhaid.

Bhí lúcháir air a ghuth a chloisteáil.

'Ní baol dom, a bhuachaill. Beidh mise chomh maith agus a bhí mé riamh laistigh de mhí. Ná bac na dochtúirí sin! Dála an scéil, fuair mé glao ó mo chara, Niall, aréir. Dúirt sé liom go mbeidh folúntas ag an gcomhlacht árachais FBD sa chathair an mhí seo chugainn is go mbeadh seans maith agamsa.'

'Tá sé sin go hiontach ar fad, a Dhaid,' arsa Peadar, 'táim ag súil go mór le bualadh leat um thráthnóna.'

'Mise mar an gcéanna, a bhuachaill. Beimid ag caint ar ball.'

Bhí ócáid iontach acu sa halla roimh thús an chéilí an oíche roimhe sin. Bronnadh corn ar an bhfoireann a bhuaigh an tóraíocht taisce. Bhí lúcháir ar Dhónall ag glacadh leis an gcorn agus bhí na deora le Franciszka agus Bláthnaid.

Iarradh ar Dhónall agus Franciszka dreas ceoil a sheinm, rud a rinne siad go fonnmhar, Franciszka ar an bhfidil agus Dónall á tionlacan ar an mbodhrán úrnua a d'aimsigh sé faoin gceannbhán ar bharr an phortaigh.

Sular thosaigh an céilí dhíol Peadar agus Bláthnaid na ticéid ar son Trócaire agus thug siad an t-airgead a bhailigh siad don Ardmháistir.

Abhaile leis an mbeirt acu go dtí an teach lóistín ansin. Nuair a shroich siad an teach bhí sceallóga agus ispíní ullmhaithe ag Máirín rompu agus thug sí cead dóibh fanacht ina suí. Nuair a tháinig Dónall agus Franciszka abhaile ón gcéilí mór bhí dreas cainte ag an gceathrar acu agus ansin shuigh siad siar agus d'fhéach siad ar DVD.

Nuair a bhí gach duine bailithe timpeall an bhoird ag am bricfeasta an mhaidin dar gcionn bhí cuma ghruama go leor ar gach duine. Ba bheag caint a bhí eatarthu.

Nuair a bhí an bricfeasta caite acu, d'fhan siad ina suí ag an mbord fad a bhí Bláthnaid imithe go dtí a seomra chun an bronntanas a cheannaigh siad do Mháirín a fháil.

Nuair a d'fhill sí leis an mbronntanas, chuaigh an ceathrar acu isteach sa chistin agus bhronn siad uirthi é.

D'oscail sí an clúdach litreach ina raibh an bronntanas agus nuair a chonaic sí gur dearbhán le haghaidh béile do bheirt i mBialann na Mara a bhí ann, bhí sí thar a bheith buíoch díobh. Rug sí barróg ar gach duine acu agus dúirt leo go mbeadh céad míle fáilte rompu go léir ina teach lóistín dá mbeidís ag smaoineamh ar theacht ar ais arís.

'Ar ndóigh,' ar sise go leathmhagúil, 'ní bheidh cead ag aon duine an teach a fhágáil i lár na hoíche chun freastal ar chóisir más rud é go bhfilleann sibh!'

Rinne Dónall agus Franciszka miongháire agus las siad go bun na gcluas.

D'ísligh Peadar agus Bláthnaid a súile go támáilte freisin ach ní dúirt sí a thuilleadh.

D'fhág siad slán ag Paiste, an madra caorach, amuigh sa chlós. Bhí na deora le Bláthnaid agus Franciszka.

Gheall siad go léir go mbeidís ar ais arís an bhliain dar gcionn.

Ansin bhailigh siad a gcip is a meanaí, d'fhág slán ag Máirín agus thug Muiris síob dóibh go dtí an coláiste.

Nuair a shroich siad an coláiste, bhí na scoláirí eile ann rompu. Bhí siad ag siúl thart ag tógáil grianghraf lena ngutháin phóca, ag breith barróg ar a chéile agus ag fágáil slán lena chéile. Bhí na cailíní go léir agus corrbhuachaill anseo is ansiúd ag sileadh na ndeor. Bhí na múinteoirí go léir bailithe ann agus bhí an tArdmháistir ag croitheadh lámh le gach duine.

Nuair a tháinig sé chomh fada le Peadar agus Bláthnaid, labhair sé leo ar feadh tamaill. Mheabhraigh sé dóibh go mbeadh fáilte rompu i gColáiste le Chéile dá mba mhian leo filleadh uair éigin sa todhchaí.

'Is laochra áitiúla an bheirt agaibhse faoin am seo,' ar seisean leo go gealgháireach, 'agus ba mhaith le daoine áirithe dá bhfanfadh sibh anseo go deo!'

Chuaigh a chuid cainte i bhfeidhm go mór ar an mbeirt acu agus dúirt siad leis go mbeidís ar ais gan teip an samhradh dar gcionn.

'Is deas liom é sin a chloisint,' ar seisean leo.

Ansin bhí na mionbhusanna ag teacht isteach sa chlós agus bhí sé in am imeachta. Shuigh Peadar, Bláthnaid, Dónall agus Franciszka isteach i gceann de na mionbhusanna is gan focal astu. Bhí a gceann cromtha ag Bláthnaid agus Franciszka agus iad ag caoineadh os íseal.

Ba bheag caint a bhí ar siúl sa bhus ar an mbealach go Trá Lí ach gach duine gafa lena smaointe féin. Cé go raibh brón orthu a bheith ag fágáil an samhradh ina ndiaidh bhí sé soiléir freisin go raibh fonn orthu filleadh ar a dteaghlach agus ar a muintir féin. Bheadh neart scéalta acu go léir le hinsint dóibh.

Bhí áthas ar Pheadar a bheith ag filleadh abhaile ós rud é

go raibh a dhaid ar fónamh roimhe sa bhaile. Bhí sé ag tnúth go mór le bualadh leis agus le barróg a bhreith air.

Leag sé a lámh ar lámh Bhláthnaid. D'iompaigh sí ina threo agus chonaic sé na deora ina súile. Léim a chroí le háthas nuair a thug sé faoi deara an loinnir ina súile nuair a d'fhéach sí air.

Thug sé póg éadrom di ar a leiceann agus leag sí a ceann ar a ghualainn.

Bhí an bus ag tarraingt isteach ag stáisiún traenach Thrá Lí faoin am seo agus bhí an chuid bheag seo dá saol díreach críochnaithe.

Agus an chéad chuid eile ar tí tosú.

Gluais

aerach – *gay*

aibhinne – *avenue*

aingeal coimhdeachta – *guardian angel*

amscaí – *awkward*

ardú meanman – *boost*

bac – *ban*

bád cabhlaigh – *navy boat*

báid shaighne – *seine boats*

brocaire – *terrier*

brocais – *den*

buaicphointí – *highlights*

cacamas – *rubbish*

ceann scríbe – *destination*

ceol sí – *fairy music*

cinntí – *decisions*

cíocras – *eagerness*

cip is meanaí – *belongings*

cláiríneach – *cripple*

cliathánaí – *winger*

cneasú – *heal*

comair – *petite*

comhairleoir – *consultant*

corr (ag déanamh na gcorr) – *twisting and turning*

corraghiob – *hunkers*

créacht – *cut, wound*

créamtha – *cremated*

creidmheas – *credit*

cruthanta – *proven*

cur ar a shon – *standing up for him*

dearbhán – *voucher*

drogall – *reluctance*

éachtaí – *heroics*

eachtraíocht – *adventure*

éirim – *gist (of)*

eispéireas – *experience*

flas candaí – *candyfloss*

forhalla – *foyer*

gnáth-amhrasáin – *usual suspects*

góilín – *small creek*

gníomhaíocht – *activity*

grán rósta – *popcorn*

guaim – *restraint*

Iargúil – *Outback*

iata – *shut*

iomarcaíocht – *redundancy*

lasta – *cargo*

líonrith – *panic*

lomadh – *shearing*

luamh – *yacht*

maoileann – *ridge*

masmas – *nausea*

maithiúnas – *forgiveness*

micreathonn – *microwave (oven)*

mionbhruar – *little bits*

Oíche Chinn Bliana – *New Year's Eve*

oidhreacht – *inheritance*

raithneach – *ferns*

sciamhlann – *beauty parlour*

sciorr – *slip, skid*

sciuird – *flying visit*

searbhasach – *sarcastic*

soitheach – *vessel*

stobhach – *stew*

taiscéalaithe – *explorers*

teagmháil – *contact*

teannas – *tension*

tionlacan – *accompany*

tocht – *fit, craze*

tor aitinn – *furze bush*

tur – *dry*